《十三画至十六画以上》

▲非尔雅·骡子

公马与母驴交配所生的杂种叫驴骡，身材较小，耳朵较大。学名叫「驮骒」。另一种是公驴与母马交配所生的杂种，叫马骡，身材较大、耳朵较小。

▲非尔雅·蝎虎

包含「几乎」「险些」「差一点」「危险」的意思。如一块石头，正微微晃动在急风中悬崖边的感觉，就叫「蝎虎」。

序

冯杰给他的这本集子命名为《非尔雅》，意思大概是说这本像词典的书其实并不是词典吧。如果单看其目录上一个个排列整齐的词汇——都是豫北方言的口语词汇，冯杰称之为"北中原口语"，确实像词典。但以对冯杰作为诗人、作家的了解，我们也不至于误认为这本《非尔雅》就是一本词典。不过，虽然冯杰在书名中明确标称自己的作品不是词典，而韩少功的《马桥词典》和帕维奇的《哈扎尔辞典》却明确标称该作品是词典，但它们的实质却没有什么不同，我们知道，这是具有文体创新意义的作品。

《非尔雅》可以作为散文来读。这好像是一句废话。冯

何弘

信腕成妙文

2

杰的这本集子本来就是作为散文写作和出版的，当然是散文了——而且我以为是很好的散文。散文写作本无定法，凡是无法归类的文学样式，统统给划到散文堆里，大致差不到哪里去。这些年，小说的写法、学问的做法、历史的弄法等悉数被搬到了散文写作中，散文文体边界的界碑早不知被挪到了哪里，怎么写都是散文。冯杰的这批散文却并非这样勉强划过来的。《非尔雅》从北中原民间常用的口语词汇出发，以轻松自由的笔触，描写了豫北农村的自然景象、生活景象、民间传统、历史记忆和人情世故。书身边事，写心中情，独抒性灵，言简意赅，短小隽奇，活泼自由，信手拈来，自然

成趣。作为散文，它继承了萌于秦汉、兴于唐宋、盛于晚明之小品文的优秀传统，是对渐失中国传统特色的当下散文创作之流弊的一次反正。

《非尔雅》也可以当作诗歌来读。这好像是一句胡话。冯杰的这本集子，除了偶尔引用自己和他人的诗作以及一些童谣、民谣外，通篇不合辙、不押韵、不断行，怎么能当诗读呢？而实际上，作为一位诗人，冯杰的散文写作明显借鉴了现代新诗的构思和表达方式，具有突出的诗化特征。相对于旧体诗词，中国的新诗基本是在西方诗歌的影响下重新发展起来的一种文体，注重通过意象来表达一种感觉、意绪、

3

情感、观念等，除保持内在的节奏外，句的长短、押韵的方式等都可自由处理。应该说，冯杰的这些文字是与新诗的这些特征相当契合的。从总体上看，这本集子中每一个篇章所描写的词语都可看作一个意象，这些意象共同组成一个意象群，反映了北中原人的生活场景、历史记忆、情感生活等，当然还有作者个人化的记忆、感觉与想象。从每篇具体的文章看，不管是写人、写事，还是写其他的东西，作者并不注意描述的完整性，而是注意把人事物最有代表性的特征突显出来，或者说是通过一个个意象的呈现，来表达自己想要表达的东西。这都与新诗的特征相符合。从语言本身看，这本

集子的文字同样具有新诗的特点。我们可以随便抽出几个片段读读，比如《蝎虎》，它的结尾是这样的："高悬在大风中。蝎虎在乡村月光里向上，再向上。会跌落，会颤动，会在大地上喊痛。"如果我们给这段文字分行排列，就成了如下的样子：

高悬在大风中
蝎虎正在乡村月光里
向上，再向上
会跌落

4

会颤动
会
在大地上
喊痛

这不是诗又是什么？如果觉得这是孤证，不能说明问题的话，我们再读读《襻》，它的结尾是这样的："整个世界上一粒粒温暖的小扣子，都在时光里，在外祖母赢瘦而温馨的指缝里，一一失落，像漏掉的迷路的小米。小扣子变成苍茫蓝夜里一颗颗星星或大地草叶上的露珠。从此以后，我再也找不到那些温暖的扣子。它遗落了。姥姥的手从此不会再缝。"同样，我们把它分行排列：

整个世界上
一粒粒温暖的小扣子
都在时光里
在外祖母羸瘦而温馨的指缝里
——失落，像漏掉的
迷路的小米。小扣子变成苍茫蓝夜里
一颗颗星星或大地草叶上的

露珠
从此以后
我再也找不到那些
温暖的扣子

它遗落了
姥姥的手
从此不会再缝

其实这样的文字在冯杰的这本集子里俯拾皆是，如果我们一一为其断行重排，恐怕就把它排成本诗集了。冯杰说："正因为我一直心存如此幻想，长大后，我才能当一位诗人。"冯杰所说的"幻想"，我理解是一种超越具体的事物而趋于玄远的状态；处于这种状态的文字，就是境界高远的诗。在另一本集子的一篇文章里，冯杰曾说，一个在乡村度过了童年的人，生活在繁华的都市里，对童年与乡村的记忆与怀念，就是诗。哪怕你不把它写出来，你也是诗人。我以为，冯杰这本集子写的基本就是他对乡村与童年的怀念，不管分不分行，都是诗。

《非尔雅》还可以作为小说来读。这好像是一句扯淡话。

6

这些年，小说散文化、散文小说化渐成常态，每每有同样的文字今天当小说发，明天又当散文参加评奖并得了奖。小说和散文的界限早就模糊不清了，散文可当小说读原也正常。通常，现代小说被看作是人类经验的记录。冯杰这本集子中有很大部分就是作者对其童年和乡村生活记忆也就是其人生经验的书写，其中有人物、有叙事、有历史、有经验。像《煞戏》，就有生动的故事情节和鲜活的人物形象；像《支棱》，很好地记述了当时农村人的生活状态和心理状态。冯杰的这些文章，很好地继承了中国笔记小说的优秀传统，里巷杂咏、笑言戏谈、奇趣异闻、凡人琐事，略经点染，即成妙文，颇具当代《世说新语》的味道，其中不少篇章堪称小小说之上品佳作。

其实，前面从文体出发所说的这么多，对读者的阅读来说实在没什么意义，我们尽可以将文体之类的考量或羁绊放在一边，这样也许更能体味出冯杰这些文字内在的韵味和美来。

冯杰善诗文、长书画，内具中国传统文人的情怀，兼受中西方现代文学观念的影响和滋养，外用不拘格套的表达方式，行于当行，止于当止，有话则长，无话即短，信笔处蕴含深意，自见高格，其文富有情趣、理趣、文趣，读来别有韵致味道。冯杰语言功底扎实，笔力高致，他行文自然，于朴素平淡中见深意，在寻常叙事中藏臧否，信腕挥洒，灵动

自如。冯杰的文章取材广泛，或自然景象，或凡俗人物，或日常器具，或民风习俗，或闲言碎语，或平常往事，略加点拨，顿时童趣盎然。冯杰想象奇特，雅致脱尘。想得到，写得出，这就是水平。冯杰的作品有对乡村世俗景观、生活状态的描写，更有思想火花、人生况味，使人能从美文的享受中获益良多。

蒙冯杰兄抬爱，于出版前赐阅文稿。品味再三，不禁连呼：妙哉！快哉！遂记下些许感想，权以为序。

己丑冬月于郑州

一画

非尔雅·一把扇

非尔雅·一根杠

用『一把扇』去作戴胜的小名，最形象不过，何况它头上真的擎开一把小扇。舒展如一套小小古典屏风，携带着建筑。如那情人旧日自江南送来一纸水墨书签。

一把扇

002

一把扇

鸟名。

便听到唰啦一声，一扇乱雪簌簌就错开了，在北中原灰蒙蒙的天空，钉上一点亮色。它最早打开的速度就是最后飞行的速度，两者同时到达乡村深处。溅起时光。乡村时间带着泥色。

一扇子都是袖珍版的草木风情，让这小小乡村精灵携带一套屏风，穿越故土厚厚烟雨。

它是乡村带有一丝草木清香的一位翩翩公子，只有它才配执这样一把象征身份的扇子。它是乡村简朴的文人，玩弄一点小小意象，如晚唐绝句或元初小令。若句子再长就玩不像了，露出底气不足的破绽。若铺展《长恨歌》《琵琶行》《蜀道难》

这类大块锦绣文章，它驾驭不住。宏大题材和构思，只能由凤凰、孔雀或天鹅之类的丽鸟去完成。

它是乡下执莲而行的一位飘逸之客。叫"一把扇"的戴胜是乡村小品。

在村里，戴胜还有另外一个乳名，包含有气味的名字，叫"臭姑姑"。它是木质的。"铁扇子"是《水浒传》里宋清的绰号，与它无关。

我给它在乡间下的定位和标准如下：

籍贯：北中原滑县。身份：乡村鸟类里的布衣诗人。简历：只要饿不死，自己就要执扇，在那一把扇上去写无平无仄的残

句，营造一些乡村意象，供自己在乡下清风里边飞边唱，孤芳自赏，和时间拔河。让时间老去，或被时间打败。

2006.1 初稿

乡村关系里的一种『亲情平衡』单位。

不是日常顶门、打架的那一根杠，是形容两人的亲缘脉络走向。姊妹的丈夫之互称或合称叫『一根杠』，又叫『一条椽』。

总而言之，都属乡村『木质系列』。

一根杠

一根杠

杠和椽都是一座完整房子里必不可少的一项，用于巩固结构，使整体健全。大概在乡村的亲情关系里，人们讲究一种平衡艺术，为了一碗水端平，显得亲情不分远近，就叫一根杠。

　　即使再平等的杠，也有粗细、大小之分，命运不同，家境不同，贫富不同。

　　在乡村，再近再亲也从来没有相同的一根杠。

　　世界上从来没有两截真正相同的杠子。

　　前年县里修乡村公路，一条乡村二级公路二十里长，从县城到乡里。柏油铺就，验收合格，不料通车不到半年，轮胎抗议，就成了一条千疮百孔的破布。

　　李乡长贪污路款被调查。"双规"时，乡长不满地反驳："全县那么多条路，经手的人恐怕都染黑，为啥单单拿我开刀？"

　　办案的县纪检主任黑着一个长脸，像蓝茄子。一笑，龇一口白牙。把一截烟屁股往桌子上一按，说："好！那就先从你那一根杠开刀。"

　　李乡长的"一根杠"是乡里管财务的韩会计。

　　三天后，那"一根杠"未经风吹雨打，咔嚓一声，先折了。

2008.4.1

二画

非尔雅·二朦

含义是傻、硬、逞强，有劲，还有点缺心眼儿。"你看他那二膁劲""看他多二膁"，这是在村中最常听到的评价。

二膁

二膁

村里有二膁秉性的人很多，罗大成、张天成、孙好枪、赵傻根，在北中原人物谱里，他们都算二膁。赵傻根他妈却说："傻根不傻，只能算膁，饭量大。"

弟兄五个，傻根在家吃不饱，他好几次在外面和人家打赌比吃，每次都赢。小有名声后，不断有人设场。

这次打赌要比赛吃馍。队长代表生产队供应白馒头，让赵傻根和王五豆两人比赛。比赛数量是一人吃一庹长的馒头，在村里，"庹"是双臂左右平伸时两手之间的距离，我姥爷量麻绳时用庹。留香寨一直使用这样长度模糊的计量单位。

一庹长的馒头有三十来个，队长量好后，放在两个大簸箩里。要求在规定时间吃完就算赢了。在食物匮乏时代，赛吃属于乡村范围内的新闻，围了一麦场的人。我个子小，挤不到跟前，只有站在草垛上观看的份儿。

一人一个，开始像填鸭子。会计在一边捏码计数。有人后悔自己没有参加。那是热腾腾的白馒头，气息弥漫啊。五豆饭量小，听众人的评论，五豆似乎逐渐被淘汰。

我想站高再看清楚一些，草垛呼嗵一声塌下来。我被埋在里面。

等爬出来时，我看到傻根坐在地上，撑得站不起来。我拉他一下，他懒得说话，只将手在脖子上比比，意思是馒头

已经高到喉咙处了。我看到他肚子绷着青筋。我就说傻根可不能喝水，喝水肚子会崩开的。

晚上傻根被送到人民公社医院。

后来我看到"螣蛇"是个古词，古书上说的一种蛇，含义却有灵动之意，荀子在《劝学》里说"螣蛇无足而飞"。

一九七二年的赵傻根坐在地上，他属蛇。没有起飞。他妈在邻居家哭。泪水像河流，流遍全身。

三画

非尔雅·三只手

非尔雅·小小虫

非尔雅·小舔

非尔雅·下眼皮肿

非尔雅·马知了

非尔雅·叉火

非尔雅·口

非尔雅·干唠

非尔雅·大样

平常人皆有手两只，此时忽然出现三只手的人，不是天外高人、神人，能是什么人？

在北中原，用"手"来表达或象征的东西很多：

一把手，指首领、头头、正职。一言堂。

二把手，就是副职。要会弯腰，媚笑，活着。

三只手，如是我言。

四只手，那肯定是怪胎。

贼的别称。

三只手

组成集市的元素之一

012

嫌不过瘾，将满把手都伸出来，那叫"五魁首"，属于北中原乡下饮酒时猜枚的一种方法。赵布袋是村里专猜"五魁首"的高手，以静制动，五十年酒史里单出"五魁首"。博得村中饮酒"三圣之一"美称。

我少年时喜欢赶集，像一只机灵的老鼠，在乡村集会上一次次穿梭，我能在香味的缝隙里找到某种感觉，想找一点吃的东西。我对饥饿的感觉深恶痛绝，又离不开它，爱恨交加。

从西到东，集市上牛的气息、干草的气息、语言的气息、裤裆的气息……在共同合谋，织成一张大网，罩在大家攒动的头上和天空。

忽然，人群一阵骚乱，如一群炸蜂。

有人高叫："抓三只手！抓三只手！"在乡村，人们最恨两种人：官和贼。

等我挤到跟前一看，操，那个被人群围打的"三只手"原是个不大的孩子，十来岁的模样，因为饥饿，偷吃了几个油馍被捉，睁着一双惊恐的眼睛，里面写着饥饿，挨打时还没忘了用满是泥垢的手往嘴里塞一个沾满尘土的油馍。

那天我姥爷也赶集，看不惯，说："不就是个孩子吗？"

集会上还有一个大人也是"三只手"，他叫"傻三孬"。

从"三只手"这一口语就延伸出另一个口语，叫"抓嘴"。

2003.3

︽补注
傻三孬会「抓嘴」吃，转读《抓嘴》一章。

013

留香寨人称它『小小虫』，像大人称呼小孩子，有点可怜随便的含义。

麻雀是田园交响乐章里一个符号，是北中原大地上最柔弱的一片叶子。它无根而飘动，它温情而无助，它胆小怕事，它最多在风中散布一些谷子般细琐的闲言碎语，唧唧啾啾。天一晴朗，马上会烟消云散。

中国文人对雀往往是一笔带过，觉得还不够墨钱。《史记》顶多写个"燕雀安知鸿鹄之志

小小虫

014

哉？"，不专写雀。单写鸿鹄、写凤凰的文人多。

看到外国作家专注它，俄国屠格涅夫在丰沛辽阔而苍凉的俄罗斯大地，一往情深地写被我们称为"小小虫"的鸟。大地般情怀的俄罗斯诗人，发现小雀的母爱比对死的恐惧更强大。

20 世纪 50 年代，这种乡村鸟类被列为"四害"之一，中国打一场不对称的战争。一时举国声讨麻雀，如声讨"窃国大盗"袁世凯。

对于小雀而言，这段经历是自己在一部《中国雀史志》中最得意、最值得炫耀的。

可写五千字。字里行间惊心动魄。

弱小的麻雀性子最急，不能饲养，我把它关在笼子里，不出两天会急死。雀有急性子。

雀小，自有本身格调。

在贫瘠的乡村，我在房檐上掏过麻雀，为了治夜盲症。那年我在孟岗小学上五年级。

我姥爷称麻雀嘴为"黄蜡口"或"黄嘴角"，两者意思都是"嫩"。平时村里人们骂谁不成熟："还黄嘴角呢，就想摆谱？"意思是：小子，还得修炼！

小小虫像一个与乡村有关的温暖的汉字，一个毛乎乎的汉字，长有羽毛的汉字。闪耀着褐色的光泽。一飞就是三十年。

015

门可罗雀，箩里剩下的是漏掉的时光。

如今麻雀早升格，成为郑州宴席上一道名菜。乡村有靠捉麻雀为生的，一袋袋冷冻，卖到郑州、开封、新乡的餐馆。

小外甥用惊叹的口气告诉我外面的饮食标准："大酒店里，烤麻雀都卖到二十元一只。我妈说："一只够我家买半月的菜。"

我问："都吃了几只？"

他说："那天请客，连我有四五个大人，一共上了一只。我妈说要烧汤喝。"

2006.1

舔，在乡村词汇中有奉承之嫌，已近无耻，如称人「舔腚沟」。在「舔」前又加上个「小」字，更见媚态。用「小」字去修饰「蜜」是小蜜，修饰「人」就是小人。「小舔」之称，除了形象之外，还有一种北中原乡下人的调侃与藐视的智慧。

小舔

016

把天下动词如《诗品》般一一分类的话，"舔"字有一脸劣相，可列为其中"下品"。如宦官的诗。他们用舌头写诗。

北中原乡村女人有个习惯，自家孩子拉屎，拉完后不忙着去擦屁股，而是双手把着孩子，"噢噢噢噢——"叫自家的狗来舔。

狗对嗅觉的灵敏度据说是人的五十倍。狗得令欢快地跑

非尔雅·小舔

在乡村口语里，这是动词作名词用的成功典范，有动感，透着一丝得意。

来，探首，伸舌，舔小孩子屁股。月白风清。一干二净。肥水不流外人田。把孩子的媳妇笑说，这叫舔腚沟。

二大娘开玩笑说：狗是一台环保牌"自动擦屁股机"。

留香寨还有一说，叫"吃屁舔渣儿"，是说一个人不大方，放屁独吞，吝啬算计到极致。有时简称一个字"舔"。如：这人会"舔"。

我十七岁参加基层金融工作，当一名乡村信贷员，骑一辆破车在资金账表里逛荡。在近三十年的工作经历里，几经调转，历经世道小沧桑，目睹过一些"舔技"精湛的人，其中有大小局长、大小乡长、大小经理、大小秘书、大小科长，他们因对

017

上会舔而多受益。

村里对那些奉承、献媚、溜须、爱拍马屁者，有的背后借代称之为"公公""和珅""李莲英"等乡村众人所知的豫剧符号。撇一下嘴，轻轻丢一声："小舔。"

2007.1 长垣

不指身体某个部位具体的病症，是人格上的一种缺陷。

脸上一双眼，若下眼皮肿了，下面肥大，自然不能往下垂落，得往上看才舒服。这个词所表达的意思就是『往上看』。

说某某是『下眼皮肿』，多是从人格上对一

下眼皮肿

018

个人的定性，专指那些向上司或当官的谄媚奉承之徒。和前面的『小舔』一词近似。

北中原的人们多看不起这类人，人们从内心鄙视。留香寨有的人家为孩子说媒，眼看要说成了，女方想打听一下男方状况，不料谁在村里横出一杠："这一家孩子好是好，就是大人有点下眼皮肿。"单凭这一句，好事一准告

吹。

有时人活的还是个脸面。

还有个词与此近似，叫"鹁鸽眼"，就是鸽子眼睛。

为验证这个口语，我留意观察过乡村的鸽子，果然鸽子也多往上看或斜眼看人，含有点"下眼皮肿"的神态。两个口语若连成一句，语气加重了，是"这人长一双下眼皮肿的鸽子眼"。

以上乡村词汇，背景都需要黑白照

片般的往年旧事。延伸到当下，一个单位或一个团体，都有一些"下眼皮肿"者，我工作过几个单位，从乡村到小县城，见过此类人。领导也多喜欢此类人，有他们在，活着心里舒服。一如二月十九古会上戏文里乾隆皇帝看待和珅的心态。

这一根睫毛有点扯远了，扯远在所肿的眼皮之外。

2006.1

蝉在留香寨村里的叫法，不知怎么与不会飞的马联系上了，天上的马什么都知道。包括云游的道理。

它是乡村唯一与别离有关的昆虫，所谓『寒蝉凄切』，所谓『秋风秋蝉』。

干脆换上这个名字，让伤感主义躲得远远的。

马知了

马知了

020

偏偏又起了个"马知了"的名字，原以为能躲过一种伤感，最终还是绕不过残留下的感伤，连骑上加一鞭的马儿也不行。

俳句大师松尾芭蕉有一首《眼前》：

路旁木槿花
马儿一口吃掉它

这更贴切，木槿花在《诗经》里叫"舜"，朝开夕落，连马儿也知道生命的短暂与人生无常，何况蝉。蝉是大地之上小小精灵。在黑暗地下坚守三年、五年、十年。有一种蝉

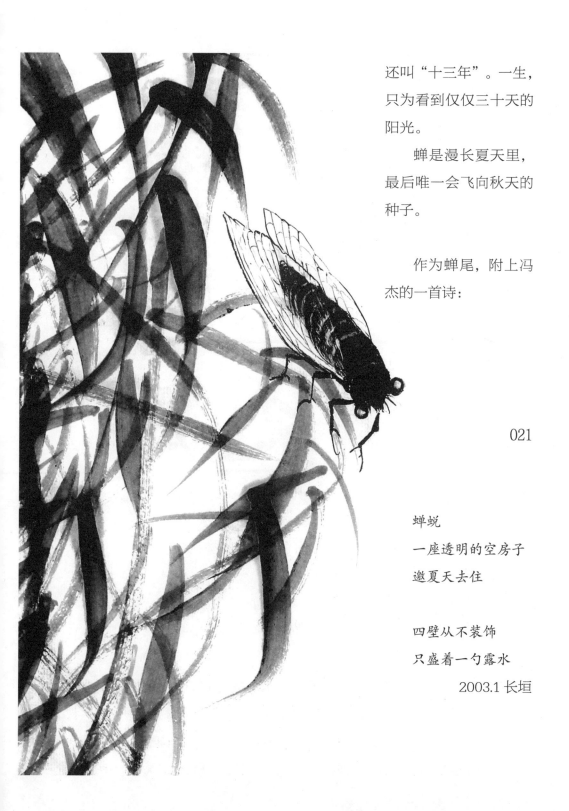

还叫"十三年"。一生，只为看到仅仅三十天的阳光。

蝉是漫长夏天里，最后唯一会飞向秋天的种子。

作为蝉尾，附上冯杰的一首诗：

蝉蜕
一座透明的空房子
邀夏天去住

四壁从不装饰
只盛着一勺露水
　　　2003.1 长垣

"叉"是一端有两个以上的长齿而另一端有柄的器具。类别有鱼叉和钢叉等。说钢叉是乡村夸张。乡村多是木杈。杈的主要用途是翻晒麦秸、豆秸、干草。把乡村草垛整理修复，叉是必不可少的农具。

叉火

022

桑村乡和高平乡相邻，以出产桑杈闻名，那里有一位舅姥爷会修理木桑杈。他还在我家料理过一棵树，树长到一人高时，教我打掉多余的树杈。

"叉""火"合在一起则是形容词，离本意甚远。能挥舞着叉，又燃熊熊之火者，必有神力相助。只有在马老六说的评书《西游记》里小妖出场时方能听到。

在村里说"叉火"就是厉害、了不起、有本事、得劲的意思。口语里还带有一种感叹的成分。用于修饰人或事，属于乡村褒义词。

在村里若问留香寨全村数谁最"叉火"，那必是村长老黑。

023

全县最叉火的人是李书记。一种乡村政治逻辑。

事业兴，钱挣得多，官当得大，楼盖得高，村里都用"叉火"一词来概括。我们逃学后，打发时间的方法，往往是躺在草地上，一五一十，认真比较《水浒传》里哪个好汉最叉火。

从乡村走来，我还没本事弄到"叉火"的份儿上，我对"叉火"这一词感兴趣的缘故，是里面有"挑火而行"这妖怪一般的纵深意象。

那年夏夜，有乡村黑白电影。在童年晚秋的果林，一地白霜，我叉一丛高高火苗，从乡村月光下穿过，如一朵红荷夜行在月光里。

2006.5.27

项因素，都可以称「口」。

脾气，语言冒失。具备了这四

脾气不好，暴烈，耍小

个人性格厉害。

饥饿。说「口」是断定一

道里有弥天口臭和无边的

的大嘴，那一方幽深的隧

张布满黄牙、被烟熏火燎

口和嘴无关。不是一

024

这个口语带有性别色彩。词语阴性。有一个指涉范围，多形容女人，像描眉、染凤仙花红指甲一样，多修饰年轻或未出嫁的姑娘。一般不对乡村男人使用。可以称男人为坏，为奸，为孬种，没有称"口"的。

二大娘有一个口头谚语："口女出嫁，不刮风就下。"她说很准，老天爷会对村里的"口女们"开一个玩笑。

一个女人出嫁那一天，恰巧赶上一场风雨，路途艰难，抬轿的人粘掉了鞋，就多说这句。自嘲中找到了粘掉鞋的理由。一村人都认为这是做新娘子的女子平时在家不听话，脾气暴烈所致。

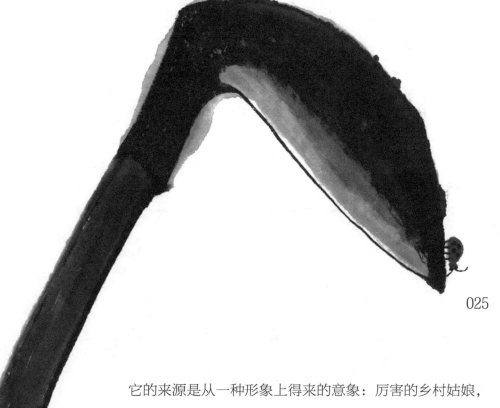

　　它的来源是从一种形象上得来的意象：厉害的乡村姑娘，张开一副樱桃小口，可以看到一排明亮的小虎牙，洁白、锋利。得理不饶人，无理辩三分。

　　"眍"是眼珠子陷在眼眶里，没有"口"意准。

　　那些北中原的女人，从家里出走的那一时刻，就开始了另一种平凡艰辛的日子。所谓的"口"，只是嘴皮子上的功夫，更多女人是刀子嘴，豆腐心。

　　譬如我二大娘和村干部骂阵，每一次词语不重样，贵在创新。

2006.6.10

二大娘骂人：「看到你就干哕。」

形容对一个人的印象、对事物不好的感觉。生理、心理上都可使用。

城里人只说「呕吐」，似乎城市的日子是在阵阵呕吐中摇摆而来。

干哕

026

"干哕"一语含有反胃之意。乡村赤脚医生孙贵仓是神医，论辈我喊舅。每次这位赤脚舅检查我的第一关，就是看舌苔上能否冒出来十里长的草气，"望""闻"之后，该"问"了：

"你干哕不干哕？"

我说："干哕。"

这时刻他才再"切"。

乡村口语充满水分，也有"干湿"之分。干，含有"没有""否定""单一""单单的""纯粹的""白白的"之意，修饰一种状态。如干号，干哭，干叫，干骂。请客时无所事事是"干坐着"，年底要账时是"干等着"，没有办法是"干瞪眼"。

而"干哕"一词的状况及拥有的"适度"是欲吐却吐不出来的一种难受劲。

李大有在我们村当过一届村委会主任。一天，他陪县里检查组酒醉归来，摇摇晃晃，扶着墙走，边走边说"干哕"。在村东头那一座"吧嗒嘴庙"前倒地吐酒。恰好自家那只狗出来巡视，顺道把主人吐出的秽物一并吃下，狗便也跟着干哕了，随着醉倒。

第二天早晨，村里小孩子们去上学，见大街上有几个像课本上的分段插图：

路上躺一人，一狗，皆醉。

一摊酒，一地阳光，皆醒。

2006.5.29

027

又名：大尾巴狼。

大样与大尾巴狼，大致是一个意思，前者略有点人味，后者带一丝兽意，使这个词加重了语气。谁若傲慢，大大咧咧，不懂礼貌，马上会博得这个词的享受权。使用期甚至是一辈子。

大样

大样

　　一个人在乡村日常生活，或从外地回乡省亲，遇到同村乡党，必须见人点头，套近乎，以示热情。不然过后被人戴上一顶名叫"大样"的帽子，罩着你在村里的名声。

　　那些年我骑自行车在乡村，见人马上下车，不能在车上和人说话。更不可一条腿支着车，"王顾左右而言他"。有人若是戴着眼镜，应马上去掉，害眼病时戴镜，要在镜腿上系一条小红绳，用以示人。不然，在乡村就是一匹傲气十足的"大尾巴狼"。

　　"大样"一词有两个近义词：一个叫"大架儿"，一个叫"肿头蚕"。

有人回乡，见人热情发自肺腑。有人则不同。

李先科和我是小学的同学，从石家庄当兵复员，在郑州文化部门工作，回乡时操一口河南普通话。因记性不好，在村里将某人忽略掉了，某人便说："一个小鸡巴主任，大样得像一条大尾巴狼似的。"

李家亲戚知道以后，警示他再次回乡时谨慎。第二年，他吸取上次教训，未到村口早早下车，小心翼翼。见到一个早起拾粪者开始热

情：

请问，您贵姓？

免贵，姓李。

好姓。请问令尊贵姓？

也姓李。

好姓。请问太爷贵姓？

也姓李。

好，真好，难得一家都姓李。

走后，那拾粪者对二大爷说：一个神经病！

2006.5

在时间里泡久了，集天地之灵气，每一方简朴的瓦在乡村都可以号称"聪明成精"。

瓦精就是瓦松，附瓦而生的植物，被我们称为"精"。前面往往还要加一个涂上色彩的词——蓝瓦精。颜色幽暗，明澈，像蓝精灵一样。

瓦精

只有成精的瓦才能通雨前，瓦有磨翅之声。身长有羽毛，跃跃欲试。

它之所以在乡下成精，来源于人们对它的"敬仰"：一般的植物都长在大地上，得地气；而它，却偏偏长在空中，餐风饮露，像一截探抚星月的触角。

城市里的人住在舒适的"三室一厅"或"四室两厅"甚至更大房子里，从钢铁到水泥，一辈子无缘见到瓦精。

乡村的瓦精，胆小，羞涩，

腼腆。它躲避水泥，躲避玻璃，躲避钢铁，躲避股市和宽带网络与平板电脑。

乡村蓝瓦上，才是它小小栖息之地。一棵棵瓦松伸着脚趾，壁虎一样吸着瓦上灵气。那一时刻，才称得上精灵。

瓦精具有独特的选择性，它闭塞，固执，留恋旧瓦，对故土的依恋，让它对"与时俱进"的观念表示决绝，不可移栽他地。有一次，我曾在老屋上自作聪明地挖下一棵，小心翼翼地带到城里，栽在花盆里，没有成功。它不妥协，它不和我配合。它周身失去灵气，宁可枯衰也不呼吸。

它以牺牲自己的态度表示对这个世界的拒绝。

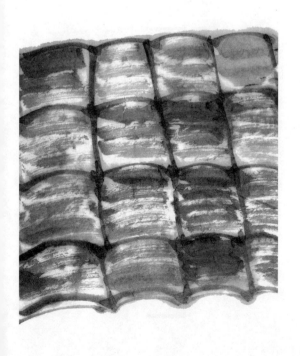

一棵棵小小瓦松是老屋的羽毛，在乡土逐渐板结退缩的年代，它也在退缩。瓦松让整座老屋游动。在一个深夜，在一片瓦垄的影子埋过脚踝的月光里，一棵棵瓦精抖动，这些不同姓氏的瓦松，它们在商量着：

今夜有约，要携带一座房子飞翔，从这个世界上消失。

它们谁都不告诉，包括房子的主人。

2006.5.23

游走在北中原夏天的天空，才能感觉到它的存在。

它是骤雨降临乡村大地的一种前奏，天空隐隐的躁动与喧哗，像是独语，也是倾吐。乡下人想象为两扇云的磨盘，在呼呼作响，磨出来风声雨声，便称作云磨。

云磨是大雨来临前的

云磨

034

一篇序言。

石磨，乡下的人们如今已经不用（记得在我十岁时改成电磨）。云做的磨之所以仍能旋转有声，则是乡下人的曼妙想象在无边地延伸。

我十七岁找到一份小职谋生，二十世纪八十年代初在北中原黄河边小镇营业所当信贷员。单位小，有五间蓝瓦房，一棵老枣树，一方上了桐油倒扣着的小木船。

我问营业所贾主任："要船干啥？"贾主任说："等黄河涨水时好装载票据。"

主任对我说，大豆长势好的年景，黄河最

易"上水"。上班第二年,黄河果然"上水",水漫天际。营业所外面都是水。这天县城来了检查人员,主任在家没来,检查组组长让我去找主任。

黄河边乡村没有安装电话。我蹚着水,到十里外黄河滩区一个小村。路上大水茫茫,分不清道路与田野,到处漂浮着高高的麦秸垛,上面挤满了逃生的兔子、草狐、老鼠,大难时刻生物们相安无事。我拄着一截树枝探路,经验告诉我,从庄稼地中间穿过,下面一般都是昔日的乡村小路,不会陷下去。

黄豆叶颜色如墨,高粱棵子在两边低垂,像折断的绿翅膀,雨水在上面纵横交错。天色灰暗,虽是白天,眼前小路如一条幽深暗洞。

035

这时听到远处高粱田里,雨的脚步一阵一阵由远而近,像有一大群无名的野兽在低暗的天空上行走,又像一群急急归家的雨魂。紧接着,密集的雨脚踩着高粱穗,从头顶上走过来,那就是云磨在旋转。我听到沉重喘息的呼吸之声。前后无人。开始惊恐。在我身后如泼来水墨,正响着轰轰隆隆的云磨,一场更大的暗雨欲来……

那就是云磨之声。

我蹚了三四个小时的水,来到那座水中飘摇的村庄。

贾主任一派从容,他坐在高高的避水台上,四人一桌,正打麻将。他奇怪地看着我的到来。那时刻,他单等"二条"到来。

2000.1

这一词有立体感。原意是指东西竖起来，显得水灵、蓬勃，有生机。

多去修饰乡下畜生们头上竖起的耳朵和裆下伟岸的阳具。按照姓氏笔画为序的话，可用于形容"马、牛、驴、骡"之流。如说这一头驴"正支棱着耳朵在听人说话"，那一准是称颂这头驴是一位聪明的驴王（起码会四则混合运算）。如在集市上买牲口时说"这驴长得不

036

支棱

支棱"，意味着这头驴长相委琐，一准掉价。如说"这驴的家伙要支棱起来啦"，那是说此驴要"春意盎然"。（洛阳有一著名的豫菜就叫"九驴闹春"。）

王五豆，人如土桩一样实在，上次和赵傻根打赌失败过。到三十多了还光棍一条，一家人省吃俭用，攒了几年钱，从山西人贩子手中买回个外地媳妇。

仨月后，新媳妇进县城买衣服时消失了。有人说是跟人跑了。

我二大娘对五豆他娘说："那是人贩子放的鸽子。"王五豆不知道啥叫"放鸽子"，反正结果是竹篮打水——一场空。

此后，他如同天塌了下来，一副霜打茄子的样子，两眼呆呆，茄子垂落。

五豆的娘叹着气，对二大娘说："这孩子打蔫了，有点不支棱。"

我那时还小，听后忙看五豆的耳朵，耳朵仍是原样呀，像生产队马厩里的驴耳一样硕大而精神。我说：挺"支棱"的呀。

二大娘对我说："你靠边！"

037

这个词有尖锐性，形容一个人在骨子深处彻底垮掉了。是一种内心的绝望。在大地上下一场春雨，埋在土里的一颗种子能发芽。一个人精神上已死，还有什么能"支棱"起来？

那一年，我不知道他娘是说五豆的内心。哀莫大于心死。心早已如一方枯井。多年后我体会到十分之一。像微量的砒霜。

2005

风的收集者。

无论是把风装起来，还是把风掀起来，都是说的乡村的风箱，又叫风掀，一种助火工具。因要生火做饭，家家户户都有。我家累计使用过四五个，直到二十世纪九十年代还用。

风掀

风 掀

器物 一

038

乡村无形的风，因为一个个风箱才改变了形状。

日常用的是一种小风箱。为了使用轻便，风掀大都用桐木板制作。为了防潮，上面要刷多遍桐油。姥姥和我们在一起时，一日三餐用它烧火做饭。为了不影响全家吃早饭，天不亮，母亲和姥姥就起床，拉起来的风箱"呼嗒呼嗒"响，灶火苗映着脸庞，一一爬满皱纹深处。

风箱有两个口，一进一出。如果风箱坏了，修理风箱叫"操风掀"，须用鸡毛来操，以鸡肚下部分的毛为最好。

修风箱是一种技术活。修理不好，没有风，弱不禁风不行，漏风也不行。拉起来太沉也不好，以轻巧最好。姥爷修理风箱时，我负责收集鸡毛。平时每杀一只鸡，鸡毛都装在旧鞋子里，预备"操风掀"时用。

还有一种大风箱，只有村东铁匠铺大炉上用，炉火旺，费煤，一般人家烧不起。我看过《天工开物》里的风箱图案，形状和现在风箱的形状一样，只是内容不同，我家的风箱里面用的是新中国的鸡毛，不是明代的鸡毛。

有一次做饭，风掀口被火烧着了，成一个破洞，姥姥心疼惋惜几天。后来家里使用了煤灶，风掀便闲置不用，高挂起来，不再"空穴来风"了。

"没有装风的空箱子"，这话几乎接近禅宗。

039

一天，我听到墙壁上那只闲置的风箱无风而响，吓一跳。几天来，里面常常自动发出声音。我壮着胆子把风箱打开，滚出一窝粉红的小老鼠。真应了我姥姥说的那句歇后语：风箱里的老鼠——两头受气。

2008.4.19

做法如下：

和好面，擀成薄片，然后撕或切成小块，煮熟连汤吃。一日三次，口服最好。主治肚饥。

我姥姥做"片儿汤"时，有时别出心裁在里面掺上一把切碎的韭菜叶，白里透绿，如两色碎玉相映。有时打一个鸡蛋和到面里，做出的片儿汤吃到嘴里光溜溜的，口感极好。

我一向认为，世界上我姥姥家的萝

乡村食物的一种。指的是北中原一种小面食。

片儿汤

040

卜最甜，姥姥做的饭才是天下最好的，无与伦比，其次才能轮到我母亲，我姐，我妻子。我的手艺最次，尽管我比她们多一个"中级烹调师证"（但乡间从来不认可世上这种墙上下来的假东西）。

片儿汤也属老年人文体，一如文学体裁里的随笔。

我认为周作人、废名、孙犁、黄裳这类人都是写"片儿汤文体"的作家。年轻人多不吃这种面食，有失身份，应吃汉堡包或三明治，再佐以薯条。故有先锋写作与另类写作的不断出现。

我有一推论：一个人的饮食习惯和范围与童年最早所接触

的食物有关，食物决定性格，性格决定命运，未来掌握在一棵萝卜身上。推算下去，世上天大之事其实都缘于一方小小烧饼。

在冰城哈尔滨，我第一次上西餐店，坐在那里，不知道是先动叉，还是先动刀。小杰教我秘诀，说：哪个离你近，就先使用哪个呗。

那一时刻，我忽然怀念故乡的"片儿汤"。

041

在北中原口语里，它有时是另一层意思，已超出小面食的范围，上升到意识形态。说谁是"片儿汤"，是指过不好日子或不会过日子。二大娘评判人家是"过得像片儿汤"。

有时还添上一个词——"很打锅"。

这也是说不会过日子。锅都破了，焉有汤乎？

2001.1

时光到二十世纪七十年代我上学时候，北中原仍称小学校为『书坊』或者『学屋』。

说起书坊，那口气好像是私人开的榨油坊一样，不同的是，这里流出来的是琅琅的读书声。

每次放学，姥姥总问："从书坊回来了？"或问："从学屋回来了？"

乡村学校给我留下的只是破败的记忆和印象。算术老师的咳嗽，危房，

042

书坊

漏屋，贫朴的木槿花，夜晚闪烁的油灯，还有一张不及格的答卷。

深秋的一天，在孟岗小学，同学们正在兴奋地上新课，打开课本，忽然，只听哗的一声，后排屋顶上塌下一大块，砖瓦俱下。那时唐山正闹大地震，人人杯弓蛇影。轰的一声，大家都挤出教室。

幸亏那个叫王明花的女孩子请假没来，落下的砖瓦只把她的课桌砸下一个大窟窿。像一道填空题没做完。

三十年之后，我一个人站在小学教室原址，慢慢点燃一支烟，静得只能听到粉笔屑落下的声音，一如破碎的月光坠地。

又听到那个贫穷的算术老师一阵剧烈咳嗽后，开始提问我：

一头母猪十八个奶，
走一步，摆三摆，
走了一百单八步，
总共摆了几摆？

这不是耍贫嘴吗？当年，我就怕教室里这种来回左右地"摆"。现在，我终于敢站起来了，小心翼翼地回答：
　　"用乘法。"

043

教室里空荡荡的，只有我的回声。回声又撞到墙上落下来。

2003.2 长垣

仿佛水消失在水中。
——博尔赫斯

非尔雅·水驭车

它学名就是水蚁。

这名字出乎常理，水载的车，而不是载船。童话一样，它踩着波浪，睫毛一般细的脚，在水做的鳞片上行走。这可是世界上最不硌脚的道路。雪莱有诗"我的名字是写在水上的"。水蚁把道路写在水上，是在水上写诗。

想一想吧，那么多诗

044

水驭车

水驭車

人用生命钟情于水，他们像一株株风中的莲花，都在水上清脆地折了，花瓣散落。灵魂被水漂洗得那么干净。雪莱、聂耳、朱湘……这是一盏盏水底燃烧的灯，如一方方水底的暖梦，亮着、照着文字，忧伤地亮着。

水蚁，一辆会写诗的水上的小车，装满荇菜与诗，在乡村的波浪上行走，载着风和长短不一的句子。这是多么浪漫的北中原往事啊。风过无痕，把诗行都擦去了。一只水蚁一生能写多少行诗？

你不是热爱自然吗？

你说说。

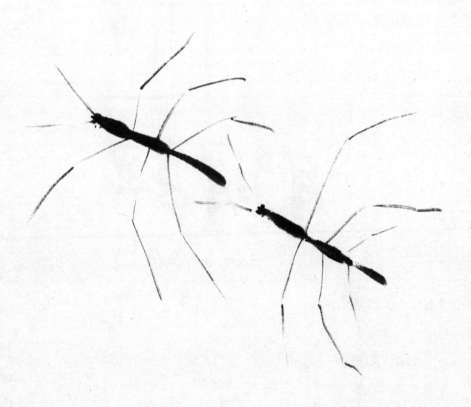

现代人不说"月明地"。流行歌曲里只有《没有月亮的晚上》，气氛有一点"贼的抒情"，适合恋爱。

乡村月明地，却明亮多了，意象干净。它与干草、农具、乡谣、儿童、欢乐有关。

那样的晚上，对于我们不亚于现代的一场奢侈灯光舞会。

关于月明地，现在只剩下一片苍白。只能抄出童年记忆里的歌谣：

月明地是说『有月亮的晚上』。

月明地

月明地

046

月明地儿，明晃晃
推着小车去逃荒
前面走咧小花狗
后面跟着妮她娘

妮她娘，你别哭
前面就是小东屋
支上锅，打糊糊
喝咧小肚圆葫芦

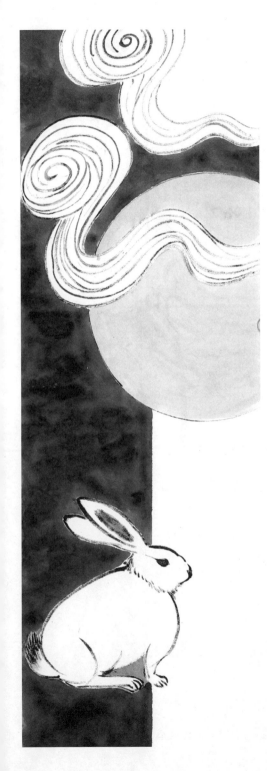

关于"月明地"的歌谣，还有第二首：

月明地儿，黄巴巴
爹织布，娘纺花
小小这时要吃妈儿
买个烧饼哄哄他
爹一口，娘一口
咬住小小手指头
爹也吹，娘也吹
吹得小小一脸灰

爹也擦，娘也擦
擦了一脸黑锅巴

　　这是我所接受的关于"月亮文化"的
教育。属乡土系列教材。
　　两首童谣，远得让我伸手也触及不到，
好像两件风雨中飘摇的蓑衣，挂在大河那
岸。在月明地里，一片迷茫。且月光干净
如一双布鞋。

2003.3

范围更广，不仅限于北中原。这个词几乎在中原大地通用。此词表示「好」「行」「可以」。十足褒义。中原人的口头禅和文化符号。说「中」的都是河南人。你懂的。

广阔不负
责任的口语

048

　　我二十多岁自北中原乡下首次陪母亲到北京，土头土脑。在当时的王府井书店，那京城漂亮的服务员听我讲一口原色中原腔，停下正说得好听的普通话，着意用这句话模仿我。

　　"中不中？"她讲得不地道。

　　"咋不中。"我说。

　　果然在预料中。于是大家都笑。

　　我卖弄说："早在宋代，俺说这可是纯正国语。你们说的是胡话。"

　　大家一愣。笑我是一只乡村来的井蛙。知道属于"捧哏"。

　　当比不过别人时，中原人的本事是"卖老"，民间叫吃老本，学术上叫吃甲骨文。我二大爷说他平时在北地随意尿一泡尿，就和脚下汉陶交流了。

"这事情办得可以，不错，很好，还算行。"属标准的国语，说起来啰唆，像穿起一串冰糖葫芦。河南话说"中！"，一个字，利索。像热锅里抖出一颗炒豆。落地有声。

河南人笨拙，惜物，内敛。说话也珍惜，简洁。以一当十。

当年孔子的马车穿越北中原"卫国"大地时，散布"论语"。《论语·子路篇》里就有"不中"："礼乐不兴，则刑罚不中；刑罚不中，则民无所措手足。"王健诗"美人停玉指，离瑟不中闻"，大唐帝国的河南诗人敢用方言入诗。元曲关汉卿《救

风尘》里，"卜儿云：可是中也不中？正旦云：不妨事，将书来我看。"

批判投降派宋江那年，父亲买来一部《水浒传》。打开《水浒传》，是一部河南方言版的压缩本。上自皇帝，下至卖枣小贩、草寇嫖客，包括赵佶调戏"国妓"李师师，大家全是用清一色河南腔。中，还是不中？中中。皇帝打情骂俏如是说。

村里民办教师孙百文在灯下讲过一个很庄重的传闻，更玄：当年选国语，在决审关键时刻，那个不争气的河南评委一泡尿憋急了，等他回来，早改成用北京话为基础的"普通话"。就差一票。

2003.3

乡村衡量是否凉快，以井畔凉水为标准。下晌时能喝上一口井畔凉水，是最畅快的时刻。吃饭捞凉面条，用井畔凉水捞一次叫"过一水"，捞第二次叫"过两水"，捞三次则叫

姥姥问过我：乡下啥最凉？

她认为，刚用辘轳从乡间深井里打上来的井水最凉，专用词叫『井畔凉水』。

井畔凉水

井畔凉水

"三跳井儿"，已近一种口感味蕾上的奢侈。若再浇上一勺鸡蛋卤，蹲着吃，是留香寨人最惬意时。赵小四在饭场说："给我个皇帝都不换。"他娘一直以为皇帝顿顿都有捞面条吃。

井还是家园象征。"背井离乡"一词，说明你把乡村那一口井不小心弄丢了，那一口井让夜风刮走了。从此，没有了脉，没有了根。

村里那些耕读传家的"乡村学者"，作过井的延伸。我姥爷说过一些关于井的有趣话题，来源于村里四明爷的书上：

如李白最有名的那首"床前明月光"的诗，里面的"床"字，不是睡觉的床，是乡村的"井"。所谓的床是指井四周的架子

或井口上的栏杆。现在乡间还把辘轳称作"辘轳床"，把压"饸饹面"的工具称作"饸饹床"，铡草的称为"铡床"。古乐府《淮南王篇》里"后园凿井银作床，金瓶素绠汲寒浆"、李白"郎骑竹马来，绕床弄青梅"里的"床"，应是两口"井"。

姥爷一讲，那一首读了多年的"床前明月光"，意思就豁然明白了。要不，总以为是李白家的屋顶上没有扣瓦，露天睡觉，像现在涌到城市里的无数民工。月光与夜霜钻进他们浅浅的肚脐眼里，惊凉了一副乡村的草木肚子。

2003.4

是闪电的一声咳嗽。那咳嗽极瘦。

只有乡村闪电，才配得上"打豁"。城市里的闪电是不能用的，质量不好，还得付昂贵的电费。

乡村的乌云像驴群一样，灰蒙蒙而来，又灰蒙蒙而去。这一团团灰驴，先是在天空散步、啃草，后是交头接耳，交流思想，再是聚拢合并，然后，才在天上开始任意驰骋。驴腿间的最好距离是：疏可跑驴，密不透风。

054

打豁

久旱的禾苗在下面都静静地跷着脚，呆望着，等待一场雨水的滋润，内心喊渴。像你当年在六楼下焦急期待情人跫声的那种心情。

大地顿时开始燥热。

忽然，这个动词就出现了，在北中原大地上，在天地连接之处。它是写在天上。

打豁！

天空仿佛布满大树白色透明的根条。这是永远不曾重复的闪电。世界上的闪电每一条都是不雷同的安排。原创的闪电。

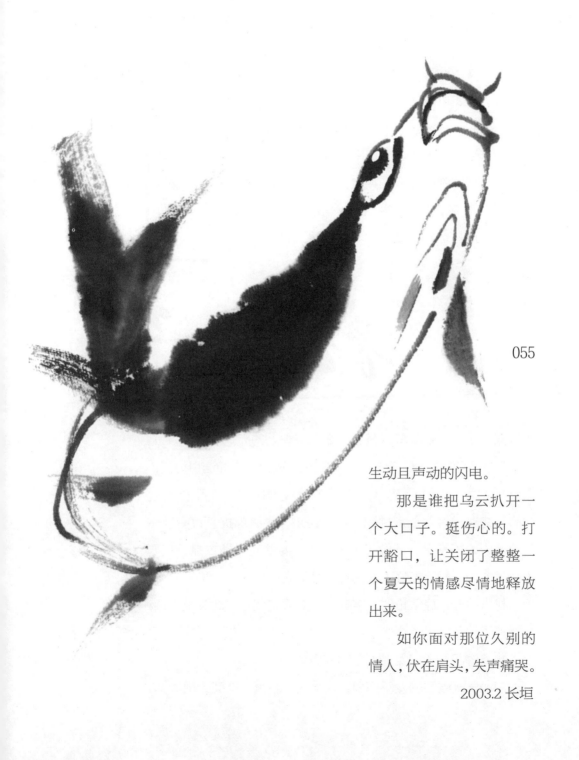

055

生动且声动的闪电。

那是谁把乌云扒开一个大口子。挺伤心的。打开豁口，让关闭了整整一个夏天的情感尽情地释放出来。

如你面对那位久别的情人，伏在肩头，失声痛哭。

2003.2 长垣

在乡村，却从没有见人被龙真的一把抓走。有些村干部多日不见，村里人会在背后恨恨地说"龙抓走了"，不几日又见那干部被龙放回来了。让人极度失望。

龙只吃些小鱼小虾，它不吃人肉，是嫌弃人肉，味浊。

几年来不时地从远方传来"龙抓人"的消息。大家都没有亲眼见过。

孙百文说正负电两极相击，可以置人于死地。雨日最好不要执易导电的锹、锄

人或物如果被雷击了，着火了，就是『龙抓了』。

056

龙抓了

北中原故事
有不同版本

类铁器行走，不要骑车进城，不要在空旷处的大树下避雨。

每次下雨响雷时，我总是疑神疑鬼，天空闪电如洁白树根，天上有条龙在探头，把那只如松枝般的龙爪伸出，往下面乱捞一气。

我姥爷说过龙抓人挑剔，不随便来，须有前提。只有那些打骂老人，不孝顺，或做了坏事的人，龙才有兴趣去抓。只要不瞎眼，龙一般不抓好人。这接近教谕。

村里两人评理争论时，常听一人对天赌咒："谁要说假话，让龙抓了！"

姥爷讲了一个"龙抓人"的故事。

东地一座破旧的龙王庙里，六个人在避雨。外面大雨滂沱，

雷声不断。响雷一直围绕着这座破庙久久不去。

有人就明白了，说："咱中间，一定有个做了坏事的恶人，必须出来到外面让龙抓走，这样大家才能安生。"

人脸上又没写字，谁是恶人？大家面面相觑。找出一个检验的办法：每个人都轮流往外面雨中掷自己戴的草帽，谁的草帽被雷击中，谁就是恶人。

大家一一往外面扔草帽，五顶草帽划出一道道优美弧线，像飞碟，一一泊在雨中，都没有被雷击。

只剩下一个人没扔，在大家的催促下，他才惶惶地把自己的草帽往外扔，只听雷声炸响，围绕着这顶草帽闪个不停。

众人齐说："只有你出去啦。"

那人苦苦哀求，最终还是被踹了出去，立在雨中，单等"龙抓"。他的耳边只有雨柱急急敲打一地草帽。隆隆如鼓。

忽听"咔嚓"一声巨响，众人避雨的那座旧庙塌下，里面的人全被砸死。雨中瓦块飞翔，像雨的仓皇的羽毛。

雨中的这个人跪下，号啕大哭。

这人化缘，在旧址上重新修了一座龙王庙。

多年后，肚痛时候，姥姥领着童年的我去庙里求过药。黑乎乎的，有点可疑。

2004.2

乡村所有的灯具都是陶制或铁制。到小镇上，父亲开始点烧煤油的玻璃罩灯。

如果没有它，怎能去照亮黑暗里那一位行走在青瓦上的侠客，还有一颗灯草花般点燃的童年之心？

——题记

058

臺燈
台灯

　　我在台灯边看《三侠五义》可至夜半。台灯的草捻子模仿着一炷红荷，在月光里向上，向上。然后，再像一声叹息一样垂落。

　　灯花忽然一颤，我便觉得脑后一道白光，携着一丝寒气，是宋代的一柄长剑，"御猫展昭"闪现，双足踩着东京上空的瓦，还有屏风上一段工整的瘦金体，悄然逝去……

　　而窗外乡村夜半的田鼠们，在激烈吵架争论，为了一枚共同运来的杏红色的沙果。

　　第二天起来，我鼻孔里自然是黑黑的，如万恶黑暗的"旧社会"。上课时，便开始伏桌而眠，立刻，被老师飞来的一截粉笔正好击中。额头一粒白点。侠客功夫。

我回道："是一夜读书所致。"

老师便会信以为真，后悔手重。为自己有如此用功的学生而自豪。

那时的乡村教师是多么好糊弄啊；像一盏陶制的台灯。不像现在，老师永远精明狡猾过学生，师傅永远高过徒弟，就像城市里的电灯要永远亮过乡村的草灯一样。

辛巳暮春，我们在有"中流砥柱"之誉的三门峡黄河边旅游，在一座灰暗的土窑洞里，站定后，忽然眼睛一亮，见一个老太

059

太的炕头，竟放有一盏台灯。终于见到梦里的那一个人，一模一样，能称得上"一见钟情"。

我急急地冒失地说："这盏台灯卖给我吧？"

我知道，一说便错。

老人平静笑笑："出多少钱也不能卖，没有这盏灯，咋能照亮一个窑洞？"

2003.1

出。出力。这是与收获有关的一个劳动专用语。有刨开土壤后收获的意思，必须是带根刨起来，在村里叫「出」。没有带根状的不能叫「出」。

书上说的"出发""出行""出阁""出恭""出嫁"都与这个"出"无关，它们只带家眷不带"根"。在村里使用时，它更多的应用范

060

围是出葱，出蒜，出萝卜，出白菜，出红薯，出花生，出洋姜。

种子进入地里，暗无天日，密不透风，终于来到地面，脱了泥土的衣服，要出来，这才叫"出"。

一棵萝卜出来后，要直腰，萝卜咳嗽，看苍茫大地，长长出一口萝卜清气。在村里使用"出"这一口语，是站到植物的立场上而言的。

不限于小元素，大动作如伐木刨树，也叫"出树"。

村西李伯田一九八〇年还是一位少年，开始跟着他师傅的拉锯队到城里"出树"。他到过新乡、焦作、安阳、滑县、长垣、鹤壁、濮阳。二十岁前把北中原几乎走遍。

"出树"不需要精密设备，只带一把铁锨就可游走挣钱。每到一个新地方，他在锨把上画一个记号。有十道说明已到十个地方。后来，一把铁锨把上画满印痕，像一杆镶满星星的大秤。

城市居民区多在小巷胡同里，生长有碍事的大树，影响人们生活。刨树是个朴实活，要会上树，有力气，这些李伯田从小具备。刨一棵树十元或二十元，有时主人家管顿饭。有的树上面有高压线，要加上几十元不等的"危险费"，"因树而异"。李伯田到城市出树，出了好几年。他统计过，不下百十棵。有一次忽视了树上有鸟巢，还被喜鹊啄破过头。

师傅嘱咐他：出那些看着年久荫深的大树，得先系上一条

红绳。辟邪。

最近一次，他在道口南关出一棵黑槐，眼一花，从树上栽下，人残废了。他回来后整日望着一把画满印痕的铁锨发呆。

他躺在床上，说："忘系那一条红绳了。"

他娘埋怨，说："都是出树出的。"

2009.6.21

十四岁前，我曾在河滩上放过鹅，躺在绿色草地上，望着蓝天白云，曾对这个词的准确性和权威性表示疑惑不解：白脖有什么不好？天上飘的云一朵朵也是白脖子，夜晚乡村的月亮也是白脖子，此时身边每一只鹅都是气宇轩昂，也是白脖子。

我想这个词的含意可能与一张未染的白纸有关。

说一个人是外行，村里叫『白脖』。

白脖

062

在乡下人眼里，一张干干净净没有着墨的东西肯定靠不住，没有"立字为证"的分量。这些例子如乡下说的"白吃""白说""白干""白来""白当""白忙活"。当然，还有"小白脸"。

世界那么大，乡村总有看不到的局限性。草木盲区。我不妨假设这样一个关于外行的"白脖定式"：

天下乌鸦一般黑。

你见过白脖子乌鸦吗？

没有。

所以你外行。

2000.1

在北中原有一些属固定词汇，不能混淆。这是乡村的统一称呼，如大队那几台拖拉机的"标准件"一般。

户口簿里面有姓名、曾用名之分。许多大人物出道前，也多是小草般的贱名；等成了气候，进京了，才改成显赫一时的名字。作家用笔名也和分叫驴、草驴一样，有异曲同工之妙。不过驴不识字，作家识字，但作家不会叫，识字的翻出的花样更多，如百

公驴才能称叫驴，母驴只称草驴。

叫驴^{叫驴}

含草驴

驴争鸣。

名为叫驴的公驴，因为荷尔蒙的缘故，一生都爱大鸣大放，思想亢奋，桀骜不驯。

名为草驴的母驴则只管埋头啃草，温柔可人，从不会有参加女权主义运动的嫌疑，最多是不高兴时踢你一下，像情人轻轻地捶你一拳。

在乡间大路上，飘着滑州城那些土气得能噎死人的梆子腔、落腔、二夹弦。这些声音扯喉咙丈量天空，穿来穿去。风吹得玉米叶子哗哗啦啦，一个村里人心躁动。

在村西路口，一头来自道口镇的叫驴碰到一头本土草驴，打过招呼后，叫驴又向远处张望过了，一脸不怀好意的"嘿嘿"，笑后，再亲切地问：

"草儿，如今你改了个学名吗？"

2000.1

不是两人多年不相见的那一种陌生距离感。

我姥爷对器物的这种亲切口气，倒有点像对待友人的态度，几近古人诗中讲的"物我两忘"状态。

铁锨或铁锄之类的农具被遗忘了，被沙掩埋，掉在时间的深处。第二年又找到，果然面孔生疏，锈迹斑斑。那是时

铁器、铜器、锡器、铅器，在土里生锈了，锈迹斑斑，叫『生疏』。

生疏

066

间走累了，时间也会出汗，锈斑是时间躺在上面休息的痕迹。

把月光赠予青铜，钟鼎文也会生锈。

罗大成因生活所迫，有一年开始远走他乡，到东北长春打工谋生。临行前，把钥匙埋在砖下。等五年之后有一天回来，家园荒芜，他随意翻翻，竟找到那一把钥匙，身子锈瘦了。他在衣服上擦擦，插进锁孔，嘀嗒，那锁竟然答应一声。

一把钥匙生疏得那么快，在内心里，罗大成对家园也"生疏"了。

锄地或干活时，能触到陶片，会划出一道弧线扔掉，随意尿一泡尿，可以和汉唐交流。

我舅姥爷家在邻村，那一年他家邻居盖房子，先挖地基，挖出一些青铜器，堆了一堆。事情传到乡里，报到县里，上级知道了，说第二天要检查验收，交给国家。孙村长是一位老党员，有责任心。

暮晚，村长望着一堆废铜烂铁，锈痕斑斑，觉得它们有点生疏，送不干净的文物是对工作不负责的表现。就连夜点灯，动手一件一件打磨。等一个个擦得锃明瓦亮时，他才满意地出一口气。月牙西垂。

第二天，安阳文管所文物队满怀信心兴冲冲来了。问东西在哪里，咋不见了？

好像没全力尽职一样，孙村长搔搔头，不好意思地道歉说：

"我一人弄了大半夜，还有一个有点生疏，没打磨到。你们就将就用吧。"

2003.4

扒查

这个口语有两层意思：

一、小孩子顺着门缝、窗缝这些缝隙往外看，在北中原叫扒查。包含有一种好奇不安分相。二大娘有次来串门，数叨我：『你整天扒查着一双小眼儿，在看啥稀罕？』

二、说一个人有心计，善于往上爬，钻营攀附，善于投机。如：『这人一门心思往上扒查，只想扒查个一官半职的。』『他在官场上扒查了半辈子，也没有扒查出个啥屄名堂。』

非尔雅·扒查

望字生义，以为是"扒到车上去检查"的话，你非得从这个词上摔下来不可。

蒲寨乡办公室主任，姓汲，这个姓氏很少，我们那里有个汲庄。汲主任扒查了几十年，一直想捞个副乡长当，换了几届乡长，自己也没扒查出个名堂。

终于等来一个机会。这一天他同乡长去县城医院看一位县长，县长腿上长疮，叫连腿疮，几年一直没有治好。汲主任看一旁无人，忽然俯下身子，趴在上面就吮吸起来，一点不嫌脏。完毕后，汲主任漱了漱口，说："县长，您的疮脓深，过去好的只是外面的表皮，必须从根里把脓拔出来，我知道这治法。"

几天后，那疮果然好了。县长大为感动，觉得汲主任有同志情谊。

汲主任立即高升。背后大家不喊他"汲乡长"，都叫他"吸乡长"。有人羡慕，说他："小嘴一动，就扒查出来了名堂。"

069

年底我在一个同乡宴会上见到他，一时习惯，把真名字忘了，自然叫道："吸主任，不，汲乡长。"我倒先脸红了。

2003.2 新乡

"夫"是乡村口语中一个重量级的单词，属于"大词"范围。

男人称为丈夫，前面有时还要习惯性修饰一个虚而不实的"大"字。除了乡村医生被尊称为大(dài)夫外，其他称"夫"的多指从事体力劳动者，以干粗活重活居多，如渔夫、农夫、轿夫、马夫、伙夫……

喂头夫是去饲养牲口。套头

头夫是对北中原乡村牲口的总称。与人并列，可见牲口重要。它有个范围，单指大牲口：马、牛、

頭夫

头夫

骡马牛驴外传

070

夫喻示着牲畜要出工干活。杀头夫，那一准是牲口末日来临。

乡人把头夫看得很重，有谚为证："三亩半地一头牛，老婆孩子热炕头。"这是荒乱年代中国乡村的最高理想，北中原人们竟把牲口与老婆的高度并列，可见"头夫"地位之重要。如同现在说的豪宅、美女、靓车三样。

我回忆起少年时代乡村马厩里

非尔雅·头夫

驴、骡之类。猪、羊、狗、猫之类小玩意儿，非主流也，不能配如此庄重称谓。

的气息，"头夫们"站立着，一排湿润的眼睛映着星光。油灯里布满密密麻麻的嚼草声。马牙嚼着灯光和马厩主人的叹息。

这些乡村片段，让我恍然如梦，引出来无数乡村妖怪。

谁家母牛生犊，主人会为母牛熬上一锅黄澄澄的小米汤，喂上数天。这是乡村女人坐月子享受的待遇。村支书家会因自家生一头母牛，出资演一场电影。

我们常常沾了牲口的光，看到电影。乡村放映员孟庆礼在电影开演之前，会郑重解释："支书家里的头夫生了个母牛，特放战斗故事片，以示祝贺。"

月光上升，星光下垂。透出一片潮润的乡村心情。

电影在一片"吱吱啦啦"乱糟糟之声中开始放映……战争。流血。阶级。青春。列宁。克里姆林宫……那些头夫则一一横卧干草上，它们是乡村生活的旁观者，在乡村黑暗里，细细啜着温暖的小米黄汤，如品尝夜色。

一条长长辫子在我眼前开始摇晃……

2003.4

父亲教我写毛笔字时，就一些字的特征举例，其中重要的一个就是"鸟丝儿"。儿化音，是我们乡下读书人专指的"纟"旁。

我一直好奇，这种和丝织品近似的"纟"旁字，怎么能与会飞的小鸟联系到一起呢？本意不是丝绸的羽毛？

父亲每天让我写四十个毛笔大字。我曾有奇想：把自己所认识的汉字，归类入档，分别对待。哪一类汉字灵动得会飞翔，装在一块儿，专门用于写诗；哪一类不会飞翔也装在一块儿，专门用于写公文，或者让它们待在纸上睡觉。

童年时代，字在我眼里就有勤懒之分。那些出头露面机会

鸟絲兒

072

鸟丝儿旁的字是『勤』字，多与乡村绳索、线头、打结记事有关，如纱、绢、编、纺、缆、缰、缎、绑、织，

多并经常跳跃的字就是"勤"字。经常不在字里行间散步的字就是"懒"字，属于思想后进，不爱进步者。一如逃学不归的我。

同学们在窗外鼓噪我写简单的字，如大、小、人、口。

词典里如今有许多罢课或失业的汉字，一直闲置不用，如深山隐士。

鳥絲兒

现在电脑时代，昔日那些旧字在父亲送我的一方砚池里待着，——缩着身子，互相取暖，深夜相语时，等待着某天一齐飞翔。

有点惊心，我看到了纪念的"纪"，也是鸟丝儿旁。

2006.1

非尔雅·鸟丝儿

多属布匹，乡土意象。长相上接近『手工的温暖』。

补遗

到了2012年冬天，作家王鼎钧先生在美国来函说：『鸟丝儿应是绞丝儿，自己小时这样读。』这才是规范的中国读法。我发音不准，误了几十年。一直错下去。壬辰年又补六年前短章。

2012年12月又注

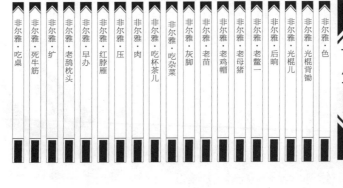

〈〈六画〉〉

一个地方闹鬼，有邪气，就称为「色」。还有个类似称呼叫不净『色』和『不净』的地方，村里人心领神会，都避而远之。

色就是空，空就是色。
——《般若波罗蜜多心经》

076

　　小时候逃学洗澡或到河边偷瓜，姥姥开始讲一个与"色"有关的故事。

　　从前，道口镇有个种瓜老头，种了几亩甜瓜，甜瓜都是好名字，有牛角蜜，有花老包。瓜地临着河边，这个地方每年都要淹死人，故很"色"。

　　这一天看瓜老头在瓜地午睡，蒙眬中听到两个光屁股小孩子在河边玩耍。玩得高兴，一个小孩对另一个说："阎王爷对我说了，明天中午时辰，有个戴铁帽的人要过河，他就是我的替死鬼。"另一个光屁股孩子怏怏地说："不知我啥时候能超生。"俩孩子说着就钻在水里不见了。

看瓜老头心里记着，明天会有一个戴铁帽的人过河当替死鬼。

第二天，看瓜老头就在河边看路口过人。日头快到当午，一个赶集回来的人，刚买一口大铁锅，天气闷热，他就把铁锅顶在头上，要下水到对岸。看瓜者心里一惊，知道

这就是昨天水鬼说的戴铁帽者。他就急忙喊住，邀请这赶集归来者到瓜棚里吃瓜。

吃了两个瓜，老头看时辰已过，这才让买锅者蹚河回家了。

到夜里，看瓜老头做了一个梦，两个小水鬼找到他，对他说："你

这个糊涂老头，坏了俺的好事。等你以后过河再说。"

后来甜瓜熟了。老头要到集上去卖。这天他担着两筐甜瓜要过河去卖。走到河中，带的秤锤不小心掉到河里。秤锤却不下沉，而是漂浮在水上，似乎等待着老头去捡。老头心里明白，就机智地说："等我把瓜挑到对岸就来拾。"到了对岸，老头回头，看到秤锤还在漂着，他就说："少来这一套吧。"那个漂浮的秤锤就不见了。

以后，无论在文学或民间传说里，我再没有读或听过如此精彩的"色"故事了。

2009.7.26

▲补注

二〇一三年初春，我写过一篇《戴铁帽者在行走》，讲了妖怪和速度的关系。煞是好看，此处可以同步参考。

2015.12 客郑

这是乡村的无奈。

王五豆长成熟了，体格健壮，开始充满对爱的渴望，从身体内到身体外。更可怕的是还贯穿一种茫然无爱的焦躁。因为贫穷，娶不上媳妇，只有扛起锄，到麦地，把时光都托付给了劳动。这种重复的过程，在乡村叫"日子"。是过日子。

此刻，乡路边传来邻村人家娶亲的唢呐声。唢呐声声落地，像一片片桃花残红。梦残生愁。

他收锄站立，羡慕地远远望一下。地气朦胧。眼里有一点红。心一痛，然后，再接着劳动。只有经过乡村生活的人才知道，经济与爱情密切相关。戏文上所谓的"山盟海誓"模式，在乡

光棍背锄

079

村只是一种海市蜃楼般的扯淡。乡村只有经济上的婚姻。

转眼间日子匆匆就到了收获季节，布谷鸟也一群群地飞来，它们披着一袭袭僧衣，鸟翅像雨水一样淋湿了这一位男人苦涩焦渴的眼睛。这种鸟在北中原的名字叫"光棍背锄"，我们全村人一直把这个称呼沿袭下来。

直到今天，它仍然背一把锄，展翅，穿透我的苦涩的文字，戳穿虚荣的纸张。

这只鸟从北中原飞过黄河到豫南，那里的一位村民告诉我，这种鸟在他村里名叫"豌豆熟透"。

"豌豆能熟透吗？"

2003.5

不是指娶不上媳妇的单身汉的,是另一种意思。

余谓烧酒者,人中之光棍,县中之酷吏也。

——袁枚《随园食单》

080

光棍儿

光棍儿

在留香寨的语系里,只有能享受到特殊待遇、能沾光、有特权的那些人,才配称"光棍儿",发音上更接近"光滚儿"。这一条"光棍儿"象征乡村红人,有势力者,是乡村里最能混的人物。还带点穷硬不讲理的意思。

在北中原,能称得上光棍儿的人,一般多为村长、支书,延伸到他们家的亲戚。都是一方之霸或头面人物,有点无赖。像枣木棍一样硬。近似我姥爷说的《水浒传》里的镇关西、蒋门神。

人在村里一旦成为光棍儿,便会带来许多好处,如:宅基地可以比别人家的大,分粮要比别人家分得多,待遇要比别人家的好。再嚣张一点，还可以在村里蛮横无理，横行霸道，欺男霸女。都是本身光棍儿的缘故。

细查一个村里，总有几个属于光棍儿的人物。

"咱和人家比不上，人家的爹是支书，在村里光棍儿。"二大爷如是教导孩子，他讲忍。

"光棍儿"的反义词是"眼子"，意思是受不公待遇，被鄙视歧视。马善被骑，人笨可欺。

日常招待客人时，村里有一忌讳，二大爷家忌讳上莲菜，他说莲菜素有"眼子菜"之称，上了莲菜，是想把客人当"眼子"看待，村里的俗语叫"拿眼"。

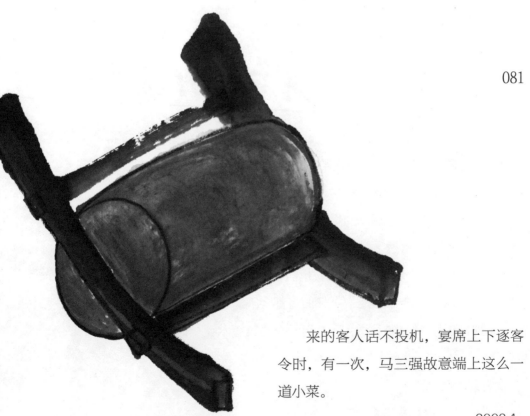

来的客人话不投机，宴席上下逐客令时，有一次，马三强故意端上这么一道小菜。

2003.4

北中原特定时间用语。

要详细分，就是指从「下午的后一半」到黄昏以前的这一段时间。再晚不叫后晌，傍晚称「擦黑儿」，入夜时则称「黑老摸儿」。

后晌

後晌

下午四点以后的时间里会尘土飞扬

082

世界上的铜钟都是在讲述时间的。

乡村的后晌，有点如人已过中年的意味，接近最后辉煌时刻，几乎快"夕阳红了"。后晌的生命里什么都有过了，看透了，看淡了，又在看透与不透之间。

二十世纪八十年代，我住的小城也流行卡拉OK，有一曲苏联名歌《莫斯科郊外的晚上》，怀旧者都会唱。堂兄原来在县里二团唱豫剧，堂兄对我说，还有另一个语言版本呢！他说叫《莫斯科郊外的后半晌》。

没听完我就笑了。

我说：一定是河南人翻译的。

历史背景是要趁天还没黑，在红色的革命圣地莫斯科，我们与列宁同志要一同回去下地干活，薅草，擦一把汗，革命不允许你马上收工。

我觉得这译得妙，还算"信、达、雅"。若再大俗，敢译成"河南梆子"。就像电视上表演猪八戒跳《天鹅湖》，颠覆版的。什么新生事物来到中原大地，一旦嫁接生长，就会走调。

后晌还有一点"过头""事情办过""事情办黄"的余韵，也叫"晌午大错"，近似"老苗"。

有诗为证：人生"后晌"西斜，必有闲者"歇菜"。

2003.1 长垣

补注

参考后面《老苗》一篇。

鳖最不容易化装，老鳖即使穿一身名牌譬如皮尔·卡丹，坐在主席台上讲话，还是老鳖。这和当下流行的高价买文凭一样。北中原乡村官员的文凭，大多是从"墙上""桌上"买来的，仕途上使用的饰物。也算另一种形状的鳖衣。

去年我到对岸开封旅游，汴籍诗人丁发献先生对我讲，"文革"时期，老诗人陈雨门晚年落魄，无奈无聊之

我母亲常称那些尖酸吝啬的人为『老鳖一』。

老鳖一

日，多在汴京小巷里研究民俗谜语之类，以度残年。他听过陈雨门先生对俗语考证："老鳖一"是"老鳖衣"之讹。

诗人都在考证老鳖一了，这不知是诗幸还是鳖幸？

我一想豁然开朗：老鳖壳坚厚，不易刺透，正好应那句"一针扎不出血"的俗话。我也认为叫"老鳖衣"为妙，"老鳖衣"比喻人不愿付出，一毛不拔，十分形象。

北中原乡下草台班子经常唱戏，有一出传统豫剧《李天保吊孝》，里面一女子甩着水袖出场，有戏文道白，骂她吝惜钱财的哥哥是一个"老鳖衣"。

我们在木板架起的戏台下鼬鼠般穿梭。台上走动着方靴脸

谱和唱词。簌簌的漏土如上面那些豫剧道白落地有声。

　　"草台班子"由散落在北中原的民间艺人组成，为了生计，他们一年四季在乡间风雨穿梭，如故乡忙碌觅食的田雀。一场戏下来，挣不了几个碎钱，戏毕分账、分财物、分烟酒时，那些台上的生、旦、净、末、丑，个个都是一副豪爽气派，如打家劫舍的梁山好汉，显得一点也不"老鳖一"。

2006.5 长垣

085

老母猪

张爱玲语：
生命是一袭华美的袍，爬满了虱子。

把小小虱子叫『老母猪』，称呼显得亦庄亦谐，含有一丝乡土幽默，还有随口夸大、不负责任之意。

086

老母猪

对一种东西上千倍万倍扩大，是一种极端膨胀。

这种手法叫夸张，符合游戏规则。在现实生活中运用则叫吹牛。

虱子是穷人身上所携带的独有的一种"珠宝"。如此称呼虱子多是指那种吸饱血后肚子滚瓜溜圆的虱子。它们在贫瘠的乡村无处不在。

虱是贫穷的象征。我姥爷说："穷人长虱，富人长疮。"他说，道口镇上的大地主只长疮，不长虱子。

这一颗一颗"珍珠"组成乡村成分，一般是单枪匹马而行，一个个穿行在我裤裆里，那里四面透风。风吹草低。暗处的珍

珠有锦衣夜行之美。

　　我布衣上的虱子继续在乡村行走，它穿越童年，到达少年。

　　上小学时，前排坐一个扎羊角辫的女学生，叫黄小荣，每到上课铃声响起，在她瘦黄的鬓发间，便会有几个虱子准时登台出场。没容我惊奇地发喊，虱子便又匆匆不见，消失在她的领袖间。校园钟声零乱。

　　三十多年后，黄小荣从村到县，付出我所想不到的努力和代价，当了宣传部部长。第一次登台讲话，黄部长的腿微微发抖。后来，见她经常在县里电视中讲话，讲得珠圆玉润。我总恍惚觉得她的话语像我少年时见到的虱子。

　　　　　　　　　　　　　　　　　　　　2006.5

张蚂蚱不是一只蚂蚱，原名叫张爱军，意思取自"拥军爱民"这个词。村里却不叫他爱军，只叫他蚂蚱。

我听大人说，张蚂蚱原籍不是本村的，从菏泽东明王楼过来。一九五八年随他母亲逃荒落到村里。那天，黄河两岸恰恰下了一场大雪。

小镇里轮换批斗的对象也就那么四五个人，最固定的一人是张蚂蚱，每次他都做陪斗。他是为了挣工分。村里年底是按工分分粮。张蚂蚱说过，只要给他记工分，批斗就批斗，无所谓。

老鸡帽

老鸡帽

088

一顶老鸡帽上写着戴帽者名字，再用红笔打上一个大红叉。两道飞白苍笔。

村支部的三间青瓦房设在街中，人来满时像填满一笼子乌鸦，熙熙攘攘。两盏汽灯在批斗会场地上吱吱作响。汽灯不用柴油，燃烧原料呈块状，用水浸泡，我们叫臭电池。味道呛鼻。

非尔雅·老鸡帽

顶高帽子，白纸糊的，形状像公鸡高高的尾巴，通称『老鸡帽』。

汽灯光惨白，灯光龇牙咧嘴。我从人缝里看到张蚂蚱在低头认罪，大家问啥就说啥。众人不时发笑。支书说，严肃点，这是开会。

　　我逃学为看批斗会，也随着大人们笑。觉得那一顶纸帽子高耸入云。像我姥爷说的古书里屈原的"峨冠"。

　　批斗会开习惯了，每天一到晚上，张蚂蚱都条件反射戴上那顶帽子。他还主动问支书，啥时开始？

　　日子一长，那顶老鸡帽使用烂了，孙支书觉得有碍观瞻，想换一个。张蚂蚱说：还是用原来那顶老鸡帽吧，戴新的费材料，大小也不一定合适。再说，糊一套还得三四张报纸。

　　支书笑了："你也不能把那顶老鸡帽戴到老苗啊！"

2010.7.31

草木的老苗结局自然是烧锅，成灰，作农家肥上地。它是文言文里"老朽"一词的口语堂兄，意思近似，不同的是，前者适合口语，后者适用书写，日常多作谦辞使用。

"正月茵陈二月蒿，三月四月当柴烧。"

一棵植物长老了，就叫『老苗』。把事情弄过分，办黄了，自然也是一棵『老苗』。

和《后晌》片段近似

090

老苗

老苗

茵陈当期是药，青春过，便成"老苗"，只有作柴烧锅。办一件事情前，姥爷嘱咐："这事千万可别弄老苗啊。"

我姥爷如是道来。因为乡下人骨子里谦和，干什么都留有余地。

譬如上一篇里那一只在村史里来回走动的"蚂蚱"。

2010.5 长垣

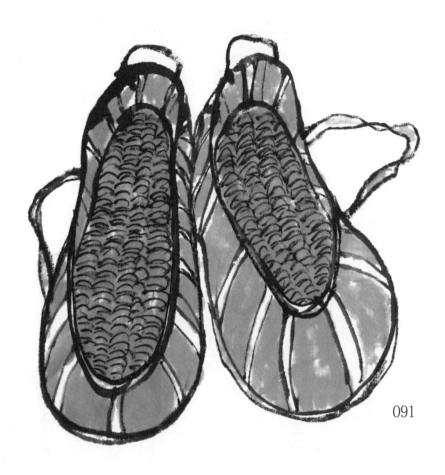

091

补记

前天，有人让我看黄苗子先生一张画，落款写道：

「山随平野尽，月涌大江流。上句太白，下句杜甫，年近糊涂，无可救补。老苗。」

瞬间就想到『老苗』。这种『老苗』是称呼上把玩。此纸上『老苗』超出乡村口语范围，属一种文化上的摆治智慧。一个南方人不知北中原口语原意，他只是将自己名字用墨栽种上去，无意巧成，偏偏让我看到一棵和北中原文化背景无关的『老苗』。

2010.6 听荷草堂

你见过白灰长脚吗？

灰脚，是埋在土里的记忆和一种历史手迹。洁白的颜色在记忆里属于稳定色，是乡村时间里的一种亮色。

灰脚

灰脚

乡村一种
契约精神

092

相邻两家的田地边界处、房屋边界处，仅仅以树、以篱、以墙为界，那是表面明处的，还有一种地下的证据，像暗处的力量。如双方有争议，随时会出示有分量的证据。

双方商议后，找一两位当事人，在规定处用铁棍探下一个两三米深的眼孔，续进眼孔里足量的白石灰粉，就叫灰脚。是一种乡村记忆符号。

几年后起纠纷，战事忽起，双方会以灰脚为凭，刨出来看到石灰伸出一条洁白的腿，伸到哪里？石灰脚不像人，不会凭感觉随意左右，灰脚不会在地下私自走动。除非石灰也在暗处受了贿赂。石灰是乡村的最后清白之色。

姥爷说某某人阴暗，不光明正大，会说："这人半夜去埋灰脚。"

在乡村分责任田时，一群大人丈量完毕，我用簸箕端着石灰，跟在后面埋过灰脚。队长在前面用火捅扎眼，我急急往眼里灌石灰面，不敢耽搁。

埋完一个个灰眼时，我突发奇想，问我姥爷：国与国之间，

是否也要一一埋上灰脚？

队长当过兵，见过世面，背着手一边走一边说："那是自然。"

我问："那得到浚县拉多少车石灰啊？"

我的石灰视野。浚县烧石灰，在道口镇北面，浚县山上的青石恐怕已烧完，如今只给北中原大地留下零乱的灰渣。

2008.3.15

大家搁置争议，不分阶级地混在一起，放在锅里熬。上等优质杂菜还会掺入几片猪肉，上桌关键时刻水落石出。醒目且有荤腥味。

宋朝人就开始熬杂菜。《东京梦华录》里有一道"杂菜羹"，老孟未交代原料。世上凡"杂"，肯定不纯，属平民食物。杂菜多与平民为伍。古代皇帝不会

乡村标准的杂菜成分有五项：粉条、豆芽、油馍、海带、白菜。

吃杂菜

端一碗杂菜蹲在门槛上埋头扒拉。

在北中原"吃杂菜"并不是说真要去吃杂菜，它是一个隐喻，是乡村版的"完蛋"、终结之意。

北中原饮食话语涉及人生，见面说"吃过了？"是问好。"啥时吃你的鲤鱼？"如果你是光棍，这是问你何时结婚。"啥时吃你家的鲤鱼？"如果家里有孩子，是问孩子何时结婚。话锋如果一转问"啥时吃你的杂菜？"，是咒你去死。

乡村把处理丧事称"过白事"，婚事却不称"红事"而称喜事。村里多自发组织"红白理事会"，近似联合国安全理事会常任理事国。譬如饮酒标准如何，每瓶不超过多少钱。高平村的标

准是每瓶白酒不超过三元，后来提高到三元五角，四元，四元五角，五元。标准逐渐提高。

李老仙去世，儿子李小闹大操大办七天，门口送礼送物的车辆达一里长。共计碾死张大顺家一只狗，李老大烧鸡铺三只鸡。

村民们都说，"走吧，去吃李老仙的杂菜。"

095

李小闹正当乡长。

一月之后，县里发文：乡长李小闹借父去世大肆敛财，触犯党章，违规犯事。

大家摇头叹息说：这后果都是李乡长吃他爹的杂菜吃出来的。

2010.5.7

如果望文生义，以为快要进入禅宗茶道之境了——"吃茶去"，那你就一准大错。禅茶不一味。这是乡村鸟名。与饮"下午茶"时尚无关，与"吃茶去"机锋也无关。

当杜鹃从江南飞过黄河，落到了北中原的枝上，就不得不改成这个名字。

我从认字开始，知道杜

杜鹃吹奏着忧伤的笛子，月亮已渐渐升到宁静的天空。

——阿索林

吃杯茶儿

喫杯茶兒

鹃是经典的中国鸟，它的巢就筑在长短不一的诗词句子之上，筑在苏子的巾上或陆游的肩上。唐无名氏句"早是有家归未得，杜鹃休向耳边啼"，所有的游子都怕听那啼声！

啼声是"不如归去""不如归去"。

面对乡愁，写不尽，古人今人三千年里延伸的都是一样

只『吃杯茶儿』，不知道这『一杯茶』还等同于一种杜鹃。

的感觉。

读到秦观"可堪孤馆闭春寒，杜鹃声里斜阳暮"，让人骤然无语，像多少年后我在一个城市暮晚，小街徘徊，那一刻银烛高擎。忽然听到来自宝岛上的一位歌手一曲满是沧桑的《不如归去》，里面也划过一只杜鹃。

它是一种汉字里招惹不得的愁鸟。

还是像我姥爷带一点乡土的从容吧，去轻轻地"吃杯茶儿"，开半扇之窗，只管看它在木版刻图的二十四节气里，飞来飞去。

2000.1

乡村口语里，形容一个人性格缓慢，动作迟钝，不敏捷利索，办事效率低，叫「肉」。

不是滑州菜市场卖的"肉"，不是人们喜欢吃的"红烧肉"，这个"肉"是形容词，说人的一种状态与性格。

有时说一个人"肉"，从另一个角度判断，还说明这个人有点柔韧。

乡下人那种牛皮纸

098

性格，多是乡村日子的艰辛与苦难磨炼出来的，准确说是无奈中包含着一丝期待。

上官村一座简陋的乡村小学，小学教师是我家一个亲戚，嫌自己一个学生不好，便用柳枝教鞭比画着："你这字写得有点肉，回家让你爹煮吃算了。"教室里哄堂大笑，笑声顶破了青瓦。那孩子一边低头脸红，一边搓手。

字写得线条无力，也叫肉。

我跟随我姥爷写大字，书法技巧上若说肉，是一种风格。"颜肉柳骨"。颜真卿的字就显得肉，这种肉包含丰润之意。不是臃肿。苏东坡的字就有点肉，刘墉的字有点肉。我喜欢有点肉

的字。

对孩子或情人称"肉肉"，另当别论。少年时逃学在外面读张贤亮的《绿化树》，小说里有一段文化人落难民间时和一位乡村女人的对白：

亲爱的。
不要叫我亲爱的。
那叫什么？

叫我肉肉。

在乡村，你可以随意说一个人性格肉，一个人写字肉，都无伤大雅。你说一个人时，"肉"后面不能加"头"字——组成"肉头"。听者一准会跳起来，破口大骂。

那就是另一境界。

2007.2

知道某一天有亲戚要光临，早早端出一方青花粗瓷盆，我姥姥一大早开始搅面，醒面，要炸油馍。客人来到后，我姥爷陪着先说话，喝糖水，吸旱烟，说乡间琐事，直说得芝麻绿豆撒了一地。这时我姥姥在厨屋炸油馍。油馍炸好，作为亲戚的午饭来吃。

余下来的油馍就要"压"。

双方亲戚一般都是扛着一个柳条篮子，里面装满杏果、馒头、熟鸡蛋、点心、柿饼等礼物。姥姥

压

把亲戚送的礼物拿出来一小部分，替换成我们的油馍，放回亲戚篮子，算是馈赠。这种过程，村里的礼仪术语叫『压』。

非尔雅·压

走时自然要和亲戚争执一番。亲戚就谦和地说："本来俺带的东西不多嘛，就两坨年糕。"

张堤村有两家亲戚，其中一家亲戚是我姥爷当年逃难在开封时结识的，患难之

交。回乡后就当成亲戚来走，走了十多年。

我有时牵着姥姥衣襟跟着也去，亲戚会给我一两毛新钱。村里人挣钱不易，这已属"大钱"。

我走亲戚更多是为看他家竖的那一杆打兔枪，我敬佩乡村行走的打兔者。

这类乡村亲戚要走一辈子，等到父辈走完，儿辈接着还要走。后来，有的亲戚走得生疏了，绕弯子说不上话题。

有一次，我姥爷在饭场上感叹说：老辈子的亲戚该断就要断，不然越走越多，几年下来，全国人民恐怕都走成了亲戚。

北中原的村子范围小，这话自有道理。

2011.6.2 听荷草堂

那些性情粗暴，猛烈，有炮筒子般脾气的『生瓜二蛋』式人物，在乡间人们就叫他『红脖雁』。

"红脖雁"专指一种雁，或指赤链蛇。现在说的这种"雁"并不是在天上飞行，他只在乡间走动。是说一种人。

一不留神，话不投机，他马上要叮你。在北中原乡下，每村都有几个"红脖雁"式人物，人们是极少去惹这种人的。

红脖雁

102

我见过两次打馍赌，四个"红脖雁"：赵傻根和王五豆打过一次馍赌，第二次馍赌是李柱子和二马虎。他们都是"红脖雁"。

第二次是在集上打赌。饥饿的缘故，村里大肚汉李柱子与邻村叫二马虎的，要吃掉二十斤的一锅白馍。胜者还能赢回一锅白馍。

李柱子的娘眼瞎，听到集上捎来消息。在家等着，静听外面的动静。

刚开始，只见李柱子围着那口馍锅慢慢往下填，馍一个一个进到肚里，后来慢慢地就不行了，一口一口地填，直到撑得

103

张嘴翻白眼，肚子鼓得像一座山。一边围着一圈起哄的人。

　　最后李柱子是被人抬到村里的。

　　他娘一边哭一边骂柱子是"红脖雁"。

　　柱子说：我是为了给你赢得一锅白馍。

　　有一个与"红脖雁"近似的词语，叫"生红砖"，窑里烧
透的砖应是蓝色，红砖自然是没烧熟烧透。都是同类乡间人物。

　　二大爷对一个人的评价是："这人欠把火，差半车麦秸。"
意思是说：准是一块烧不熟的"生红砖"。与"红脖雁"一样，
都属青红皂白不分的"红字系列"。

2006.5

潘金莲款款出场，玉楼道：

「你早办。」

——《金瓶梅》第二十九回

「早办」是「起早」「比我早」的意思，还有利索、勤快的含意。带一丝赞叹。

早办

104

清早起来，两个人在村口乡路上相见，会亲切打个招呼：

"你早办。"

"你也早办。"

有一次，我和父亲早起赶集，看到父亲每见熟人都如此问好。

这是乡村意识形态里的褒义词汇。

这口语大概相当于现在影视明星出场，"哇——好好漂亮"的乡村版。属礼貌用语。至于漂不漂亮则是另一回事。

面对这一口语，在乡村你不能擦肩而过。它带来一种人情温暖。

《金瓶梅》里的女人出场，说的是北中原乡下口语。这些诡异的女人像罂粟花，真会讲话！

现代明星剩下搔首，把胸脯挺了，摆个姿势。要上新闻媒体。明星一举一动，永远是新闻焦点。没有二流明星，必将饿死三流记者。

"早办"在北中原乡下和清霜与淡雾有关：那些及早出场的人仅仅是为了捡拾马粪、驴粪、牛粪。粪是乡

105

下的第一生产力，如国际石油。肩上挎一个箩头，里面装满捡来的冬日逸品——冻得硬邦邦的驴粪蛋子。

上面早已结了一层薄薄寒霜，黑中发灰，灰中透亮，浑然天成。像明星化妆后的淡淡眼影。起得早，一切事物就显得"早办"。

如口语字面上的表情："早把它给办了。"

2006.5.28

孩子的词汇中，把鹅卵石诗意地叫「老鸹枕头」。

在西高峰的近旁，有一具已经风干冻僵的豹子的尸体。豹子到这样高寒的地方来寻找什么，没有人作过解释。

——《乞力马扎罗的雪》

老鸹枕头

老鸹枕頭

106

一个童话般的意象。

在乡村，连又黑又丑的老鸹也配拥有一方枕头！故乡的鸟们卧在乡土之上的童话里。

二十世纪七十年代左右，我们村里有人家睡觉用砖、用土坯去当枕头。硌着那些乡梦。漫长之夜，春宽梦窄。

在我的印象里，觉得老鸹不枕着鹅卵石，就睡不着觉。鸟也会失眠。辗转反侧，如村里那些多梦的乡村少年。

"北中原"只是我虚构的文学地理名词。我们属豫北平原，离大山遥远，往南往北皆无山，往东往南是黄河，往西走二百多里才是太行山南麓。骑驴走需四天。步行需要六天。

在没有玩具的乡村年代，最枯燥的石头也被赋予了童话色彩。一颗颗装着水声，装着星辰。那时，乡村的一只只黑老鸹，枕着这样圆润的枕头，一定夜夜都在做相同的一个好梦。在梦里，自己如漆的全身都一时染白了。

在故乡，它们是一团瞌睡的暖雪。那雪多年未醒。

在沙堆里，我们每每捡到那些叫"老鸹枕头"的圆石头，如获至宝。装在兜里、书包里，然后上学。一跑动，就哗哗啦啦地响，这些摘星的小贼呀，兴奋得如西域盗宝的大盗。

记得那少女虽哑巴却手巧，会用这些鹅卵石玩一种游戏。几个圆润石子在手指间上下翻飞，一种石上的舞蹈。别的女

107

孩子一边说"三下五除二，四下五去一"。这是游戏的口诀。哑巴不会，忽然间，手指上玩出一个小花招。

小小年纪不知，她自己的命运栖息何方。

2000.5.4

把线从线团上一丝丝缠到「线拐」上，这过程叫「纩」。

纩

缠

少女哑巴

纪念

乡村线拐是木制的，呈工字形。姥姥不识字，却对我说过，她认识一个字，就是"工"字。

有一年夏天，姥姥带着我，去留香寨前街哑巴家织布，全村只有哑巴家安了一架织布机。织布机是枣木的，沉着好使。我见织布机木头都磨出乌黑的光亮，从前面一走动，能映出晃动的小人影。

108

哑巴家门前有一方池塘，日夜不语，那里不时传来女人洗衣、捶布的棒槌声。白天，染好的蓝印花布晾了一满地。屋里是机声哐哐。

头两天，姥姥在院子里分了许多颜色不同的丝线，人手有时不够，姥姥让我也纩线。我在民间颜色里走动。

一院子穿插花花绿绿的丝线，一方青石上放满缠着线的一节节芦苇段，姥姥叫"笼符"。纩线的小凳子是特制的，和平时坐的不一样，中间有个圆孔，插一木轴，吱吱呀呀响着。我在一院子彩线中穿梭。

忽然，看到一个和我年纪相仿的女孩子在窗棂里晃动。上面贴一方窗花。姥姥说，那孩子就叫哑巴。

　　后面还有其他人家要使用织布机，姥姥的布必须定时赶制完。后来我哭闹，非要缠着姥姥回家，姥姥小心从衣服里兜摸出一毛钱，到前街馍铺给我买一个馒头。

　　白馒头，散发着酵母独有的面香。我躲在织布机后面慢慢吃了。在乡村调理孩子，馒头才是最好的止哭剂。

　　多年后又有一次和姥姥在乡间纩线，中间隔了几十年。姥姥无意聊天，说起我小时候纩线时的情景，说起前街那一家的哑巴女，还有那一个早消失在时间里的白馒头。

　　姥姥慢慢说，那哑巴早死了。

109

　　哑巴是个要来的孩子，她后娘不待见，吃不饱，有一天吃了没泡好的杏仁，死了。

　　我心里一动，天真地想，当初那个馒头咋没有让哑巴吃一口。尽管不是在同一个时间段里。时空交错，恍惚如梦。馍屑纷纷。

　　说着，我姥姥忽然停止纩线，手势静在了空中。

2008.4.17

我全部的草木常识皆来源于乡村。在十字路口一方青石旁，听我姥爷复述这样一个传说。

当年左宗棠长得大腹便便，是个有雅量的豁达人。宴会上忽然问客人："你们说，我大肚皮里装的是什么？"

众人极尽拍马之术。

左氏摇头，不以为然。可见，大家都没拍到正点。

旁边一同乡小校冒冒失失地说："您

矿线那么长
思念那么短
——冯杰

死牛筋

死牛筋

110

有韧性的一种草。

满肚皮装的是马蹄筋。"众人皆惊慌。这可是说"草包"啊。当官之大忌。哪个当官的喜欢别人说自己没文化是草包？

左氏哈哈大笑，赞许了。

姥爷忽然加上一句："你看村支书。"

这个民间传说，有点如苏东坡问朝云自己肚子里是什么的那个典故。不过移栽进左宗棠的肚子里，成了马蹄筋草。这是他的独创。马蹄筋草，在我们北中原叫法不同，被称作牛筋草或死牛筋。

那草曾蔓延他家的山后。疯长。一定连着我们北

「牛筋草」已引申为『固执』『倔强』，还有一种『踩不死』的意思，有韧性，经折腾，比喻人的脾气性格。在乡间口语里，它贬义的成分更多一点。

111

中原。我们都叫"牛蹄筋"。

北中原乡下有许多"死牛筋"的人，有"牛筋草风格"。乡下人见识少，固执，偏执，犟性，还都认点儿死理，小胡同赶猪，非要一头碰到南墙上。

他们沾一点乡村牛筋草的草浆。

想想无可奈何，渍到骨头上的东西，谁能洗掉？

2003.5

吃桌

那一天，李书记的通信员光临留香寨，越过炊烟与鸡鸣，要专门去找一个人。门轴响过之后，开一缝，这家小孩子头先出来，再露出一方豁牙，若考试慌张时一道没做的填空题。小孩子是一脸幸福的样子。

"你爸呢？"

"不在家。去吃桌啦！"

口气有点得意与自豪。

在乡村，千万不要认为这孩子他爸的牙齿硬如铁。

吃桌不是去啃木头，是酒宴的「借代」。乡村

吃桌

112

村里面不是谁都能吃桌的。能吃桌的人都是乡村有身份者，属头面人。

吃，在乡间永远排第一位。红白喜丧之事，都是需要吃桌的。红宴和白宴是乡下人生活里花销开支最大的两项，平常日子里，像两块沉甸甸的石头，压在碗上，压在肩上，最后压在人心上。

这一年寒冬岁尾，村中一个老光棍王五豆的爹去世了。办事时统计一下，王五豆家要办十桌酒席，答谢乡党及左邻右舍。

把赴宴称为「吃桌」。

非尔雅·吃桌

王五豆心怯，一减再减，最后每桌合款二十元：六个菜，另外加一瓶两块钱的道口大曲，两包香烟。即使这般，十多桌一共得三百多元，相当于他家一年出力流汗后的收入。

"走，吃桌去。"大家奔走相告。

大家奔走相告："走，吃桌去。"

吃桌的消息在天空弥漫。乡间的风会吹过许多双支棱着的耳朵。新消息如新鲜的露珠，让最干枯的狗耳朵也生动新鲜。

村东、村西两头的狗们记在心里，慌里慌张地奔走相告，准备在村中间会师。一狗脸莫名其妙的喜悦。

这个词从字面上望文生义解释也对。一村的硬"桌"，半

天工夫被无数张更硬的牙齿咔嚓咔嚓吃掉！

王五豆心虚的是：明年如何用力气去填补这次"吃桌"吃出来的一个窟窿？深如冬井一般。

看着满院铺满锅碗瓢盆的狼藉，王五豆闷闷地吸着烟，烟圈如绳索低垂，几乎要套在他的脖上。绳子仿佛在逐渐勒紧。一地烟蒂。

2003.3

天下扯淡事多如鸟毛，村里扯淡事比鸟毛多。但天下立起"扯淡碑"只有一通，且在北中原辽阔的大地之上。豫北淇县就有一通"扯淡碑"，还是县里一景。有一年我到过那里。扯淡景吗？我问人。

　　知道立"扯淡碑"是从一出戏《一捧雪》引出的，那戏在乡下常演。主人公因牵涉冤案，看破世道，认为天下什么天理昭彰，善恶有报，都是他娘的"扯淡之事"。他在临终前悲愤地写下碑文"扯淡！再不来了"。

　　这是北中原"扯淡碑"的来由。悲愤，悲哀。扯淡与本意的轻松相去甚远。

扯淡

扯 淡

116

"扯淡"一词在我们这里的延伸性很大，无聊、没意思、没意义或漫无边际的闲谈，统统称之为扯淡。

古人的扯淡是休闲、漫谈、闲扯之意，为魏晋之风里的"扪虱而谈"境界。孔尚任《桃花扇》里有"无事消闲扯淡"道白，

等那个「扯淡」，漫不经心地来到了北中原，成了现在的「瞒天过海，没有根据，无聊，啰唆，

说的是这种扯淡。那是何等的从容！古人会扯淡。

我细数，村里扯淡者，当代史里，我有记载共计八人。

2006.5

非尔雅·扯淡

不可相信的无稽之谈」。

从语域上再专业细分，它属于村东头烧鸡铺里李老大的专业术语。

李老大说，放鸡撑主要是能入料味，熟后放在盘子里，鸡形也好看，上相。

有一种神会的机密。

一截"鸡撑"煮熟后浸了鸡汤，大的重量足有半两。半两虽少，若日积月累，愚公移山，就透出一种乡村商人的计策。秫秸混到驴里，卖的是驴价；秫秸混到鸡里，卖的就是烧鸡价。

秫段，叫鸡撑。

在烧鸡里面放一截秫

118

村里专业领域
之局部用语

鸡撑

李老大烧鸡铺开了二十年。

一面木头"鸡幌子"，让时光打磨得面庞油光光的。风一吹，香飘十里。

孙百文开玩笑说：老李的"鸡撑"之说不如曹操的"鸡肋"之说富有文化含量。

有一年，我姥爷有病，病后口里无味，这一天，我揣着三块钱到烧鸡铺买烧鸡。上秤的时候，有个细节，李老大悄悄把鸡肚里的一截鸡撑掏出来。说，你姥爷是个本分老实人啊。

他的一个儿子和我是同学，学习成绩比我好。在学校，离他五尺远，我都能闻到一股烧鸡味。和他稍坐一起尚可，时间一长，忍不住了，好像倚着一截李记鸡撑。

"鸡吃谷头鱼吃四"，李老大的烧鸡美食观，是说在这个季节里的鸡、鱼最鲜美：谷子熟前的小鸡和四月的鱼。我误听成"鸡吃骨头鱼吃刺"，故每次都把鸡骨头嚼碎吃下。李家烧鸡骨头是面的。果然是香。

在有鸡撑的日子里，李老大总以为自己不动声色，其实村里有许多聪明人看到蹊跷，孙百文是其中一位。有一次他取出一段鸡撑，道："老李家一年都要卖一百斤秫秸。"

众人都笑。

"卖秫秸"是另一种北中原方言隐喻。

2010.7.8

119

从别人家要来狗崽带回家养，村里叫"寄狗"。乡村的狗有送人的习惯，是不能用来做买卖的。全村没有"卖狗"一说。

春天我"寄"过一条草狗。那一年，因李乡长被一只疑似疯狗咬了一次，李乡长脾气就变成了一只疑似疯狗。全乡兴起一场打狗运动，刚开始十分激烈，打狗工作队逐家逐户地搜狗。

这天轮到我家，狗嗅到气息，看着我，一狗脸脉脉深情，让人舍不得去杀。我把这条狗送给一个亲戚，偷偷避难去了。

乡下传来消息：它在瓜田里误食了中毒的老鼠死掉了。应了那句"狗拿耗子，多管闲事"。你隐居乡村多好。你狗日的！

这狗生前经常有此状：站立，伸腰，张嘴，打哈欠。张牙

抖毛兒

120

舞爪。最后把身上的狗毛四处参开，耸立起来。若有雨水，会抖成天女散花状。

后来，等到全村疑似疯狗打完了，也没见李乡长疯。

《金瓶梅》

这种炫耀的状态与过程，我们叫『抖毛儿』。还有种也叫『抖毛儿』。节日玩狮子舞，扮演的公狮子在母狮子前不断左右摇晃项毛，脖铃哗哗啦啦

地响，做勾引状。有调戏妇女之嫌。这种状态也叫抖毛儿。以上是两种乡村典型的『抖毛儿』。

里有一句："你见你主子与了你好脸儿，就抖毛儿打起老娘来了。"

日常引用"抖毛儿"一语，有"抖起威风，仗势欺人"之意。村人说："老宋刚当上个屁大的所长，就开始抖毛儿。"

恍惚我少年时牵上那一只草狗，在一帧薄

121

薄的暗黄旧纸上从容地散步，一只语言之狗，跷腿，撒尿，和所长一块"抖毛儿"。

2006.5

非尔雅·角儿

> 与明星、名角儿无关。角儿是乡村一种风味小面食，里面必须包馅。蒸或炸。

角儿的种类分甜、咸两种，糖角儿和菜角儿。只有油炸的三角形面食才能称角儿。我姥姥炸的菜角儿最好。

每年端午节来临，乡间便有布谷鸟淋来大片啼声，门口挂上一束刚割的苦艾，端午要炸"角儿"。

乡间的日子如艾，苦、涩，糖角儿里包的却是一个

角儿

角兒

122

甜的童年。

除了角儿，还有一种油炸面食呈圆形，叫作"合子"（不是盒子枪）。像肉合、鸡蛋合。属荤类油炸面食。

角儿、合子，北中原这两种小小的面食像一只只小舟，带着一身尘土，能在口语漫长的河流里穿越，在汉字里颠簸飘摇，最后登陆靠岸，来到今天的餐桌上。

《金瓶梅》里，明朝人也炸角儿。

《金瓶梅》里有了"角儿"，有了"盒子"。汉字一一都油炸过。捞到稿纸上沥油。晾晒。七十二回里有"盒子"：

"正说着，只见来安儿拿了大盘子黄芽韭猪肉盒儿上来。"

2006.6.6

猛一看后俩字很时尚，像商业时代流行语，实是村里一种民间职业，在干草与村舍间穿行的一类人，如乡村工蜂。去撮合买卖双方，从中谋得蝇头小利，养家糊口。

一种头上落满草屑与尘土的乡村职业。前面加一个泥土气息的"村"字，限定其行事风格，多运作卖粮、

在乡下获取佣金的中间交易人，叫『村经纪』，又名『行户』。

非尔雅·村经纪

村经纪

村经纪

拉砖、贩枣、载草、买卖橡檩、杀猪宰羊之类。村子里一共有仨村经纪，各占一方。

集市上负责牲口交易的叫"头夫经纪"，粮食交易的叫"粮经纪"，其他多以姓氏相称，如赵经纪、钱经纪、孙经纪、李经纪……这种职业在我赶集时代属"犹抱琵琶半遮面"的地下状态，如乡村土拨鼠，辛勤，不能见外面阳光。

许多英雄当年也是这种角色出身，《水浒传》里"浪里白条"张顺亦属同类。他在小说中刚一出场，就被李逵逮个正着，在岸上劈头盖脸一顿痛打，书中文字乱溅。

张顺 "鱼牙主人"，职业是"鱼经纪"。宋代经纪比我

村的经纪厉害。连老
板也小心翼翼地说:
"这鱼端的是昨夜的。
今日的活鱼,还在船
内,等鱼牙主人不来,
未曾敢卖动。"

鱼牙主人是谁?
就是张顺。宋代独霸
市场的味道。

2006.1

125

快速从别人手里抢出食物，自己吃掉。这是孟岗集会上常见的一种市井景象。

集会设在我家门前那条街上。除了遛狗，我也喜欢赶集，主要是能在气味里纵横穿梭，是一种食物界限里的享受，里面包括目食、耳食、鼻食、意食。

「抓」，在北中原读作欻chuā。欻，短促迅速的声音。「抓嘴」是抢食。

126

抓嘴

每次赶会，我都会看到"傻三孬"站在赵小四的炸油馍锅边，专注地看赵小四在炸油馍。

看他喉头一动，咽下一口唾沫。再动。

金黄的油馍在筐里越垒越高。赵小四被看得不耐烦了，怕影响生意，用筷子夹一条炸焦的小油馍，杵给傻三孬："滚一边去吧。"

傻三孬不怕热，一口吞下。他会知趣地再换一个食物摊子，继续专注地看。一条街上，从东到西有十口油馍锅，十家饸饹床，十家肉铺子。

傻三孬的抓食方式雷同。看到买食物者从摊子上离开，他会跟随在那人背后，趁其不备，出手就抓，抢到手里就跑，找到一个偏僻地方吃下。有时来不及，会边跑边吃。

一般人不会较真，苦笑一声，顶多骂一阵。一次抢了孙好武一串油馍，孙好武挥拳一顿暴打："老子还没尝尝咸甜呢。"

快散会了，终于抢到胡半仙的一串油馍。傻三孬聪明，这次他不跑，嘿嘿一笑，先往油馍上吐一口唾沫。

胡半仙是甘草脾气，笑了笑，说："拿去吃吧。"

2015.11. 客郑

此一口语是否成立，以一件衣服为"坐标"。

夏天到了，我喜欢跟着姥爷在乡村瓜田守夜，睡觉多也是囫囵叶儿。星光低垂，露水上升。北中原大地布满一地湿润的虫语。

乡村之夜有自己的细节：完整的叶子才能裹住虫子，不完整的叶子则漏出星

单指睡觉的一种状态。

穿着衣服睡觉叫囫囵叶儿，脱光则不叫囫囵叶儿了。

（那叫「露出破腚」）

囫囵叶儿

囫囵葉兒

128

光。三十年后，在异乡下榻，又想到"囫囵叶儿"这一口语的形象与妙处。囫囵叶儿睡觉的缺点是容易生虱子。

近年来乡里人到城里打工，在大石桥下，我看到他们夜间睡觉，在许多工棚或立交桥下，都是囫囵叶儿姿势。路灯下，怀中紧紧抱着带体温的铁锨。

闹"非典"的二〇〇三年，人心惶惶，如末日来临，村村禁人流动。孙明礼从北京建筑工地偷跑出来，没钱搭车，又怕沿途被抓到隔离，他就背一袋干馒头，徒步而行，沿着铁轨和小路，硬是从北京一步一步走回。八百里路。

他回到村里那天，出于安全考虑，县里来了"防'非典'

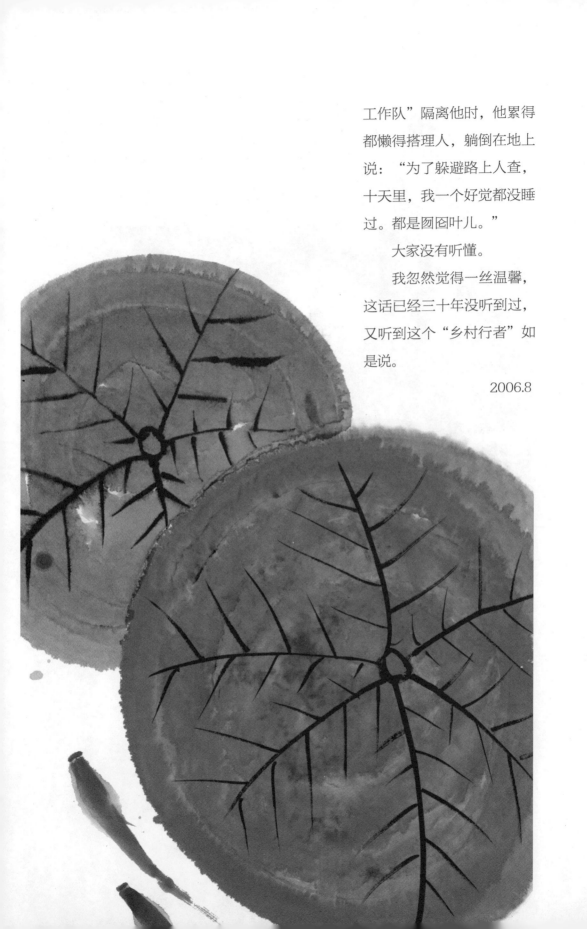

工作队"隔离他时，他累得都懒得搭理人，躺倒在地上说："为了躲避路上人查，十天里，我一个好觉都没睡过。都是囫囵叶儿。"

大家没有听懂。

我忽然觉得一丝温馨，这话已经三十年没听到过，又听到这个"乡村行者"如是说。

2006.8

我姥爷经历过贫穷的日子，一辈子俭朴惜物。最知道"抛撒"一词的重量。在他眼里，每一粒剩饭、每一片剩菜都是要吃的。连最后的刷锅水也要拌上糠皮菜叶，去喂猪、喂鸡。不能抛撒。

我能挣一份钱那一年，和姥爷去过一趟北京。路上吃过饭后，见他悄悄捡拾别

从字面上看，如天女散花，纷纷扬扬，却是『浪费』『流失』『漏掉』的意思。

抛撒

抛 撒

人走后剩在饭桌上的馒头与饼，还用一方手帕包着。这是他的乡村习惯。觉得那些东西无缘无故被"抛撒"啦。

我姥爷在油灯下常对我说一句"一粥一饭，当思来之不易"，东西抛撒不得。他平时身体好，很少生病，有次感冒好了，多天后在院子里无意间看到窗台上有包漏服的药，打开，是花花绿绿的药片。

药是用钱买来的，比粮食贵。他觉得扔掉有点"抛撒"，舍不得，就一把服下去。我姥姥证明后来的结果：我姥爷头晕得扶着一方草垛，才能在院子里站定。

这一则私家典故，常让我姥姥笑着讲起。

姥爷那块包城市里丢弃残饼的土布手帕，我写过。

2005.1

冬天严寒，乡村没有壁炉，没有暖气，没有诗卷，只有一棵棵风中的檐草，瘦瘦站着，在高处喊冷。一座乡村像草那样度过一个个漫长冬天。

酷夏没有空调与冰块，姥爷晚归，一身腥汗，洗下来的汗

我姥爷说："咋形易咋好。"

这句北中原土语表示一种对待苦难艰辛日子的处世态度。

132

形易

乡村状态之一种

水积了浓浓一盆。不觉得苦。

他说："人是咋形易咋好。世上只有享不了的福，没有受不了的罪。"宽厚口气里有一丝对苦难的忍受和无奈。从字面上注释，是"乡村的形状更易于改变"。

另一个"乡村手工"词汇"饧"。变软称为"饧"。觉得是对这个口语的注释。

乡村日子像一块原色面团，正被上空一双强硬的手随意拿捏。

2005.1

汽灯燃烧着一种矿石，吱吱的响声布满乡村之夜。空气里弥漫着一种矿石的怪味。汽灯还有一个名字：洋灯。

大队部设在村中十字街路北，门前一棵黑皂角树。树稳稳站着，像一位黑大汉一声不吭。到大队开会时，树下放上一张大八仙桌子，上面燃起一盏大汽灯。下面黑压压一片，像一群冬天聚会取暖的麻

134

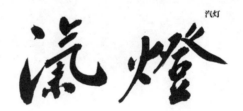

器物三

雀。

汽灯出现的次数多了，大家总结出一个规律，凡是汽灯一点亮，一定又有新指示。

在村灯史里，记得有汽灯、马灯、煤油灯。关于灯，我专门写过一篇"台灯"。台灯是本土之灯。

一般人不让掌管那盏汽灯，除了开会放在桌上，无事时队长亲自拎着。像提着一只摇晃踢蹬的白兔子。黑暗里，人还没到，灯光就先一步到了。灯在乡村是权力象征。

大家悄悄把队长的别名称为"汽灯"。

前年老队长高寿，无疾而终。临终片刻，他对一边的人似

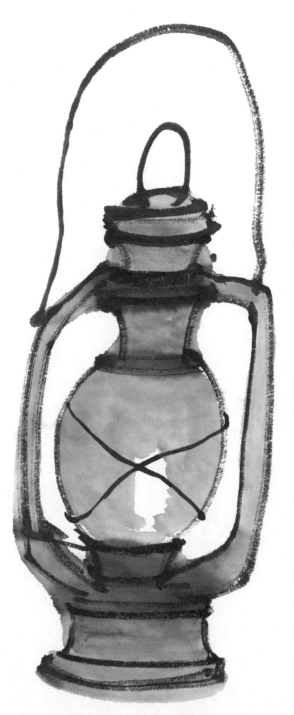

有留恋，断断续续，道出
自己最后请求，孩子们听
了半天，才知道：

他是想举一举那盏汽
灯。

众人以为耳朵出错，
一脸疑惑。"哪里的汽
灯？"大家早把那盏汽灯
忘记。好在孙明礼提醒，
他儿子才恍然。

135

队长指指床下，儿子
拉出一个箱子，打开锁，
找出来一盏破灯。铁锈斑
斑。儿子手上沾满锈屑，
把灯放在队长前面。队长
要捻灯，他手没抬起，就
闭上了双眼。灯一慌乱掉
在地上，便听"扑哧"，
像谁喊了一声。

2008.4.23

大拇指与食指相连的部分，也叫「虎口」。一种乡村内部公认的长度单位。

"山大王"的血盆大嘴张开，叫虎口。黑白电影里的敌占区叫虎口。"地下党"深入敌营，号称"虎口拔牙"。

先人们早试过，老虎嘴张开的大小，不计算胡须的话，是从大拇指到食指之间的距离。我认为先人们所参考的

138

乡村尺度

对象有误，只是一只古称"於菟"的小老虎的嘴巴长度。宽窄谈不到"横渡"或"拔牙"的份儿上。

虎口，这个名字叫起来气势汹汹，丈量起来皆空，虎口具有伸缩性。

在村里王五豆和赵傻根两家反目成仇多年，两家孩子还暗地来往，那天曾听到两个孩子隔墙相语：

"我家的黄瓜已长得一虎口长了，你跳过来吃吧。"

"我家的更长，有两虎口。"

这样的"虎口"一点儿也不吓人。丈量童心。相当于虎嗅蔷薇，心也温柔。

2015.12 客郑

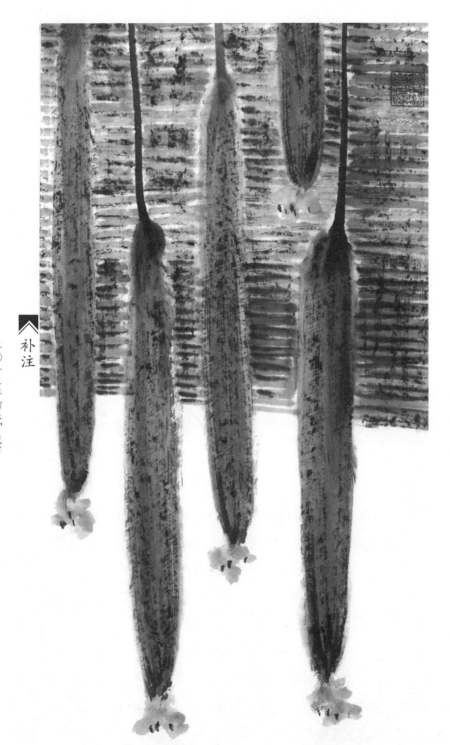

补注

二〇一三年初春，我写
过一篇《戴铁帽者在行走》，
讲了妖怪和速度的关系，煞
是好看，此处可以同步参考。

"你算老几？算哪一把夜壶？"这是对人常用的一种评价口语。

夜壶本来是日常生活中的一种便器，带着一丝异味，在黑暗里穿行或静坐。有一个谜语"有个乖乖，早走晚来"，就是猜的夜壶。一把夜壶在乡村口语里，延伸为一种隐喻符号。归到夜壶里

非尔雅·夜壶

这是对一个人的能力、人格，表示怀疑、藐视、鄙视、看不起。

夜壶

140

器物四

的人，是一种被否定。

冬天里的小学，我们把乡村教师的夜壶底下钻个眼，让老师使用时措手不及。最精彩的是，往夜壶里放一只受伤蛤蟆，尿蜇疼蛤蟆时，蛤蟆上跳，一把夜壶被失手打碎。

当年一块儿钻眼放蛤蟆的一位同学，学名李建营，小名狗子，有狗的精明，八面玲珑，会看人下菜，又会"使小儿"，在镇上当了几届主任。大家叫他"李莲英"。

同学平时有事都去找他，买化肥、买布、买柴油。卖菜被扣车，计划生育被罚款，他都能解决。一村人很是羡慕："看看人家狗子主任当得！"

他爹很得意，三个儿子，数狗子最有出息，是个干家。上学算是供应对啦。

别人便趁机说："五叔，是你造人造对啦。"

有一次我到乡里找他，狗子正忙着乡里选举。焦躁的蝉声在大院里织了一张透明大网。中午，他热情地请我喝酒，喝醉了，发牢骚："办公室主任是啥？不过是书记床下一把夜壶，啥时想用，拎出来，不用就放在床下。"

骂完，他便倒在床上呼呼大睡。

2005.1

与古人通，传现代神。
——作者题记

驴前腿内侧长有一块黑记，在乡下叫夜眼。

非尔雅·夜眼

之一

常用一句骂人话："你长了夜眼吗？"这是说此人爱夜间活动，多干些暧昧名堂。

姥姥告诉过我啥是"夜眼"：课本上学不到的。

以后我开始留意观察，驴们外观都是如此。一匹匹

142

夜眼

夜眼

小毛驴携带一只亮晶晶的夜眼，在故乡暗夜的星空中穿行。携带一颗星，毛驴沿着梦的边沿，既是过客，又是归者。

之二

夜眼是乡村胎记。

驴腿内侧一方黑记，铜钱般大，像悬挂一枚"崇宁通宝"。在乡下，寡妇出嫁，也要在夜间骑驴而行。

毛驴夜行全靠那只夜眼看路。从功能上来看，相当于军事上夜间行动中用的探照灯，煤矿工下窑时头上悬挂的那盏灯。

小驴子让我敬佩。载粮运物，彻夜不归，如一枚黑钉穿透

黑暗，全凭夜眼支撑，拨开黑暗，从容前行。

黑斑是太阳的胎记，月亮是夜空的胎记，七星是瓢虫的胎记，夜眼是驴子的胎记，也是乡村的胎记。

孙明礼他爷当年还债时，卖给百里外安阳一头毛驴，半月后那头驴又自动摸上门来。除夕雪夜，正要开门扫雪，它撞开门扉。主人先惊后喜，哭了：咱再穷，也不卖驴了。

一百里路程，有那只夜眼的功劳。归乡途中看见冻伤的蒿草，听见驴蹄撞击着暗夜。

夜眼带着童年时的神秘，是一枚粘着秘密符号的膏药。

144

之三

二〇〇六年夏天，我搭车自北京南归中原，中途在保定一个加油站小憩，一边广告牌上言，徐水驴肉火烧天下闻名。

想买个尝尝，两个毛头青年急急凑来，向我推销一架"望远镜"，对我比画操作方法，神秘地说是偷来的，军事专用，夜里能看见五十米外楼上租房小姐的细节。

"不贵，只要三百元。"

我笑了：当年我村的驴子都会看到。

2007.11.27

郎是新郎的郎，词牌《贺新郎》的郎，情郎的郎，郎才女貌的郎，郎酒的郎……字意极其风雅。郎装饰在了猪前，显得有一丝滑稽。

上官村最好的阉猪手艺人是王天喜，祖孙三代是郎猪的敌人。阉猪者骑着旧自行车，走村串巷，一边吆喝："择猪骟牙狗哟——"引得狗咬猪骂，纷纷逃避。

阉猪者特征：自行车把上竖一根铁丝，上面系一束长尾巴马鬃，迎风拂动，像道士手中必执的那种法器"拂尘"。

郎猪

郎豬

辛亥年
王天喜
阉世记

145

猪狗恋世，这些手艺人属旁观者清，一般能一刀断情。偶尔也有意外的。

阉猪人心底尚存一丝凡尘，有时没有一刀斩断是非根，个别郎猪成了刀下残留的一颗情种。以后，这只猪活得有了奔头，拥有荷尔蒙垫底儿，渐渐有爱的憧憬，觉得乡村天空深远无限，需要抒情。

郎猪的存在，使北中原乡下的畜生们活得充满滋润，生机勃勃，像当年乡村学校校长对我们描绘憧憬的窗外。

后来，王天喜被人民公社聘为"计划生育专干"，专为女人"结扎"，又负责为男人结扎。有一次，捎带着把昔日一个仇人的"生命通道"也给结扎了。事发，判刑。

2001.1

乡村集会刚开始，有两人打得头破血流，非杀父之仇，是语言战争，导火索源自一句话："你站在我面前，卖秫秆吗？"

派出所民警来处理，他教训先出手者："不就是一句话？说你卖秫秆，也不能出拳打人。"民警是豫南人，对北中原有些词意背景不甚了解。

被质问者不服："说你卖秫秆吧？"

民警奇怪："卖秫秆有啥不好？"

周围一群看热闹的好事者大笑：这民警

146

卖秫秆

链接『鸡撑』一词

连卖秫秆都不懂，当啥民警。

秫秆廉价，在村里多被铡断喂牲口、填灶烧锅、沤粪作肥料。秫秆在集市出售多不值钱，一般多是立靠在墙壁。一捆捆草木面无表情，一墙木呆相。

乡村凡木呆之物，显得宠辱不惊。譬如草垛、石磙、碾盘、拴马桩、烟囱，惯看

非尔雅·卖秫秆

人语，包含迟钝、没眼色、不聪明、不机灵的意思，相当于『傻蛋』。

秋月春风，任凭风吹雨淋。

乡村话语里说"卖"，有廉价出售的意思，含卑贱的成分，多属贱卖。在北中原，与"卖"有关的词条如：

"卖鞭"是

147

拉肚子，蹲稀屎。噼噼啪啪，取其形声。"卖小""卖乖"是对人格评价，"卖嘴"是说大空话，"卖腿"是瞎跑闲跑，"卖肉"是乡村隐喻。

2010.7

在乡村，只有人死了以后才能用一领草席一卷了之，挖坑埋掉。（注：草席单位在乡村用"领"。）如今流行的"卷铺盖""炒鱿鱼"是"卷草席"的延伸。

乡下卷人是一种艺术，民间骂人话是纸上面壁十年生造不出来的，一阵疾风骤雨，或大珠小珠落玉盘。骂人语生动新鲜，妙趣横生，像一串露珠挂在干枯的生活上，日子方有姿色。

全村卷得最好的是小宝他娘。

她开始守寡那年，小宝才三岁。自古道，寡妇门前是非多。小宝娘是个刚烈之人，造就她卷人的空

卷人就是骂人。

148

间。她卷人三天三夜不重样，先由上八辈子扯到下八辈子，再由鸡毛蒜皮联系到当下，绕了一千里之后，最后才卷到眼下要骂的人。她卷人的风格是丝丝入扣，合情合理。

有一年，一只鸡丢了（她家靠鸡蛋换盐油），她开始了卷人：

"哪个人偷了我家的鸡，让他吃了后变成黄鼠狼，变成龟孙，喉咙里长疔疮，肚脐眼里长眼，眉头上长鸡巴，鸡巴上出麻疹，麻疹上流脓，用刀剁剁，剁碎，拌上驴鸡巴马鸡巴，再让狗一股脑吃了，拉成屎……"

小宝娘最后开始坐在房顶唱滑县大平调，上面的卷人词都成了里面的唱词。

2004.2 长垣

脚著谢公屐，
身登青云梯。
——李白

这种能发出声音的木板就是雨中的木屐。「呱嗒板」是乡间之声，雨中小调。

呱嗒板

呱嗒板

149

　　像木屐、雨蓑、斗笠、芒鞋、红油伞之类的雨具，都带有乡土的灵性。村里这样形容一个人好张扬，"这人是穿着呱嗒板走路"，人没到，声音先到了。

　　北中原穿木屐的多是孩子，多是新奇而已，雨水中溅起高高的欢乐。大人们宁可在雨中赤脚下地，也没有穿木屐的习惯，嫌麻烦。

　　制作木屐用质地细腻的木板，刨平，钻眼，穿牛皮绳，最后刷桐油。好的"呱嗒板"走起路来"呱嗒、呱嗒"清脆地响，木屐的牙齿叩着青砖，如青石受惊时细细的叫声。

　　父亲在黄河大堤的一个小镇上当会计，挣一份薄薪养家。

看到别人家孩子脚下都有木屐，父亲也给我定做一双原色木屐。因错过时节，木屐高挂了漫长的一个冬天，如一块风干的腊肉贴在墙上。

进入春天以后，我每天盼望着下雨，好让那双木屐派上用场。

终于有一天木屐粉墨登场了。木屐溅起雨水，水珠子高高地扬起，然后，落下。至今还落在脸上。

2004.2 长垣

告诉你吧，说的是蚜虫的另一种名字——雨汗。这种北中原式的想象，诡谲得像《聊斋志异》中的某一个片段，雨上之雨。

只有北中原的

不管是否合乎情理，村里人敢把蚜虫叫『雨汗』。试想，把蚜虫称作雪汗、冰雹，或雪的青春美丽痘，在感觉上绝对讲不通。必须是雨汗。雨一

雨汗

151

雨才能出汗。

怪不得麦叶子上的乡村故事如此丰富，仿佛呐喊一声，有那么多匆匆忙忙的蚂蚁，红的、白的、黑的、黄的，跟在蚜虫后面，屁颠屁颠的，乘兴而去，乐而忘返。

有一次逃学，也曾偷偷地用嘴舔一下那片爬满蚜虫的麦叶子。

果然，是甜的。

2000.1

急肯定要出汗。

非尔雅·雨汗

「雨住了」或「雨住点了」，是雨停了，不再下雨之意。

再急的雨也有走累的时刻。想让匆忙的雨不再走路，从后面轻轻喊一声，雨能听到便停下，回头，要住下来。时间开始静止。

在北中原，每一颗雨珠子最终都能找到一座透明的房子，找到属于自己的一个小小的家，住进去，开始造梦。

雨住了

152

对雨像对待一家亲戚或一个旧友，平常时打个招呼，关系熟稔。我在那些人沧桑茫然的脸上，感悟到平常。

乡村的时间显得烟雨苍茫一般，时间有长度与宽度。北中原的时间如作坊里的一匹白布，挂在那里，去染蓝、漂白，印上图案。布的一生从此有自己的阅读经历。除了风、雨、雪、霜、雹这些与乡土为伍的之外，一匹白布一生单纯，别无他物。如乡村那些简单的爱，够干净的。

此时，雨住了。

我会看到姥爷挎上一个空空箩筐，走在三十年前雨后的乡村绿荫里。雨住了，这些闲不住的人一一走出。秫秸田每片叶

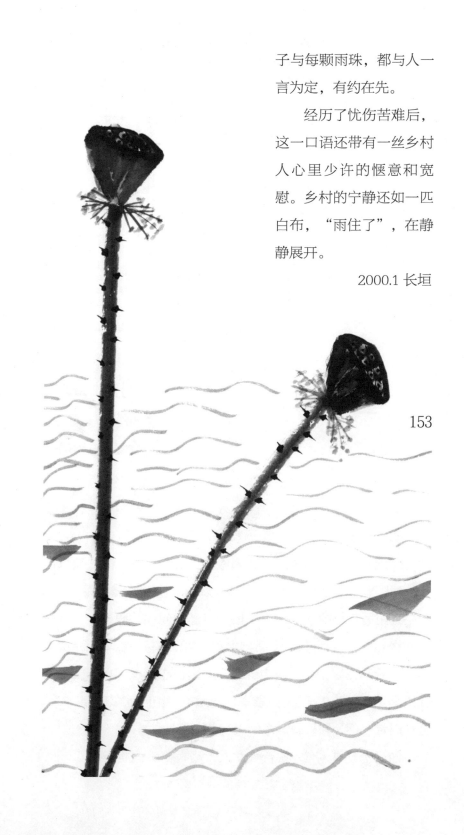

子与每颗雨珠，都与人一言为定，有约在先。

经历了忧伤苦难后，这一口语还带有一丝乡村人心里少许的惬意和宽慰。乡村的宁静还如一匹白布，"雨住了"，在静静展开。

2000.1 长垣

153

一个人不懂火候，火焰会半死不活，在村里大家叫妪。「妪得燎烟动地的」这一句是对一个乡村生火者不够专业的评语。贬义成分多。

妪

154

乡村教师旧记

妪

吴子牛是村里一位小学民办教师，教了二十多年课，还没有转成正式人员。

他戴的眼镜厚得像两个玻璃瓶底，眼睛小到里面，像陷进去的两颗黑豆。都叫他小名子牛。我尊敬地喊他吴老师。

县里教育局检查组来到学校，奇怪地问他，课桌下怎么放一把镰刀？吴老师说，为了让同学们更好地写一篇《记一次有意义的劳动》作文。他一边讲课，一边担心家里那片麦田陷落在雨季。这时课讲到"鬼鬼祟祟"，我姥爷纠正为"鬼鬼祟祟"。他一时觉得不习惯，有点像雨天里割麦子。

他三十岁时，有人说合个女人，略有腿疾，他拒绝了。他自视甚高。后来连有腿疾的女人、带孩子的女人也没有了。高不成，低不就，四十出头还没娶上媳妇，在村里一直打光棍。这种状态在乡村就等于后半辈子还是光棍。有人开玩笑，说他活了一辈子：前半辈子是光棍，后半辈子知道前半辈子打光棍的原因。

我和他同住一条胡同。每到做饭时，他母亲说："院子里怄得燎烟动地的，像燎草狐洞，哪像做饭？"听到里面传来一阵阵咳嗽声后，极快冲出来一团影子，不是草狐，是吴老师。

他有自尊心，后来一个人生活。他母亲唯一的心病就是盼望儿子娶上媳妇，到他母亲临终时也没实现。

早春二月，他服了一瓶拌麦种的农药，躺在床上口吐白沫。身边有一本农技站发给学校的《农药应用常识》，弥漫一屋子严肃的农药气息。这时，大家再也闻不到"怄得燎烟动地"的气味。

一开窗，风把书页吹响，像吹乱村西头学校白色的钟声。

2009.9.13

非尔雅·树端端
非尔雅·突碌
非尔雅·挠蛋
非尔雅·咬蛋
非尔雅·挤尿床
非尔雅·结记
非尔雅·枯楚皮
非尔雅·扁嘴
非尔雅·拱地牛
非尔雅·砍刀

《九画》

在北中原乡村流行的昆虫排行榜中，能获"风度奖"的，首推的一员应该是螳螂。个子虽小，却端着大架子。

秋天来了，乡村的鸟儿们一一自大地飞起，散开，忙着去田野抒情；粮食入仓，乡村诗人忙着去写蹩脚的悯秋诗句。只有螳螂，高高地在田野禾梢之上，从容站立，不可一世。它敢与最后来临的秋霜对峙：

我从小就这样称呼螳螂。

砍刀

158

二目圆睁，挥着一把大砍刀，立在秋风里，活脱脱一副关老爷相。

那些年我在乡村寂寞地习画，描摹一本从村东头流传来的《芥子园画谱》。因为有螳螂的出现，我才感悟，发现齐白石画中妙灵之处，是有一种乡土性情在枝梗间贯穿。他是个一辈子沾满地气和泥性的农民画家。

其他"洋派"画家，骨子里不存这种东西，如刘海粟、林风眠、张大千，甚至徐悲鸿。关良则是另外，他画关羽和大刀。

后世有讥讽齐璜"满纸村气"。

159

在他小品册页中，常会有一只土生土长的螳螂，从容地扛刀出场，像《三国演义》中的《单刀赴会》。 那是一出乡村折子戏，常在集上演唱。每到此处，我姥爷就喝彩。

只听乡村一面满月般铜锣清脆一响，月光的声音如子夜麦香，从铜上簌簌滑落。又一响，让我忍不住去翻看下一页。

2001.8

独轮车分两种，大的叫推车；小的才叫"拱地牛"，高不过一尺。

论形状，应该叫"拱地猪"更恰当。牛是有力气的象征，称呼猪有点儿窝囊。起车名的人比我考虑得周全。

周木匠说，在乡村运输工具里，拱地牛的制法再简单不过：独轮，俩扶手，俩腿。木料是乡间榆木，讲究的人家才用楝木、槐木。我姥爷当年卖粮、贩烟，就用这种小车，吱吱呀

乡村运输工具。可称『丈量大地的工具』。

拱地牛

160

呀的轴声，穿越黑暗。轮子陷在月光里。

队长经常开会，传达指示，讲时还振振有词发挥一下，经常用"小车"一词形容人的精神面貌。队长表扬几位六十岁以上的老党员，说他们是"小车不倒只管推"。这小车肯定是拱地牛。世上不倒的车只有拱地牛。

平时姥爷在乡间讲的《三国演义》里，有诸葛亮指挥的木牛流马。一天我突发奇想，木牛流马一定是村里的拱地牛。

在北中原黄河两岸，二十世纪七十年代，年年加固增高黄河大堤，我们叫"辅堤"，政府多是以工代赈。辅堤上壮观像聚会，人黑压压布满河岸，民工喊着号子，无数劳力推着一辆

又一辆拱地牛，载着黄土，在黄风里穿梭。一辆辆拱地牛都抹了上好的车油，在尘土里吱吱叫唤。

我是路过的少年，无油上轴。

2008.3.20

卖小鸭子的来了。

『卖扁嘴哟——』是

每年春天，垂柳吐出鹅黄的嫩芽时，村口会响起一阵吆喝声，像一夜间春草冒出。

他们来自竹子一样青嫩的南方。

带着异地方言，感觉吆喝声潮潮的，似一团散不开的雾气，随后渐渐清晰明了。还是去年来的那个"鸭老头子"。

一时间，鹅黄的鸭语与杂乱的人语，组成乡村另外一景。

162

扁嘴

卖鸭人，脸膛黑黑的，像龛台里的灶王爷。卖鸭人也像灶王爷一样喜欢美色，喜欢与围着鸭笼的妇女们斗嘴："生孩子时，你们光想生公的；买扁嘴时，偏要母的。"一阵斗嘴之后，售鸭成功。扁嘴可以先赊，秋后算账，规则是：到长大成鸭时计算，母鸭交钱，公鸭则不算数。与乡村人对生男孩女孩的态度恰恰相反。

那些担鸭者三五一群，担鸭队伍是一路从豫南来，一路卖鸭。等卖完鸭子后，再带着钱袋回到自己的故乡。一路上，他们挑着两筐鹅黄的声音。那些鲜嫩的声音穿越许多座喧嚣的城市。

我扒着鸭筐看，立刻产生对一次浪漫之旅的向往。

多年后我知道一个极神秘有趣的话题：鸭子拥有自己的普通话和方言。乡村鸭子与城市鸭子的叫声不一样。

乡下鸭子的叫声调低，轻柔，近似田园歌手。城市鸭子的声音粗哑，像掺着沙子，惊恐紧张，那是为更好地融入城市环境，在那里艰难生存。

那些流落到城市里的乡下扁嘴，一只一只强迫自己，要去艰难地改变自己的乡音。

2000.1

163

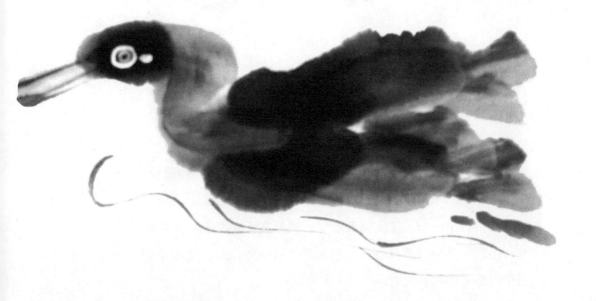

布匹、纸张、衣服有褶皱了，也叫枯楚。

在乡下，雪晴雨后，如果把一纸抻展，去抄陶渊明的田园诗，马上会有一段"不苦楚"的心情。我自学中国美术史时，以一只乡下蛙的眼光认

枯楚皮或苦楚皮一样，都是说人身上的褶皱、皱纹。有时也涉及脸上沧桑，「他一脸枯楚皮」，是说一个人的老相。

枯楚皮

枯楚皮

为，傅抱石所谓的"抱石皴"并不神秘，无非是乡下草纸上的一种"枯楚皮"而已。

日常生活里，说某某"整天枯楚着脸"，就是说一种愁相。枯楚的来源更多是生活与日子中的沉重压迫所致。

从字面上而言，枯，失去水灵感；楚，也是苦，是苦的重叠。在乡村，日子里飘满与苦有关的单词：苦干、苦力、苦处、苦旱、苦夏、苦日子……（《文化苦旅》，只是文人在纸上一种撒娇的行走。）我姥爷教我最高的境界是"苦中作乐"。北中原的日子总是一路苦下去的。

我的诗友丛小桦自黄河源头到入海，三年走遍整条黄河，

拍了上万张照片。有一年，走到黄河边下游我谋食的长垣这一段，在路上，我俩捡拾被遗漏的花生吃。他说：

"我走了一条黄河，照了那么多照片，发现只有黄河中下游的人与众不同，他们脸上有一种独特相，是一种苦难相。"

165

他说的苦难相就是我们乡下的"枯楚脸"！这里有自然的缘故。历史上黄河泛滥，两岸人漂泊游离，那一张张枯楚脸在乡下风雨中穿梭着，面容苦涩、干裂，如脚下一块块板结的土地……

大河日夜流。我的脸风雨渐少，但也算其中一张。

2003.1

一个人惦念着另一个人，在内心深处，在记忆尽头，在生命里，我们乡下将这种惦念叫"结记"。

想着一个人，乡村里不叫怀念，不叫思念，

『结记』这个词与情感有关，是从一个人远行转身的那一瞬间才开始出现的。有效期为出家与归来之间的一段时间。但有的是一生。

166

结记

也不叫"一江春水向东流"，就叫"结记"。把感情牢牢地系着，感觉上如在一条紧紧的带着雨水般温润的草绳上。

当我每次外出不归，姥姥总是点亮一盏灯，默默等待。在偌大的北中原，那是一个村里最后一盏熄灭的灯，如一朵黑暗里的灿烂荷花。

在外祖母梦的深处，也跳荡着一朵颤抖的灯花。她在等着门口渐响的瞪声。那个词的形状比杏花小，辐射的范围却比花香还远。

这是外祖母在我临别前要说的一句话：

"早点回家，免得结记。"

2002.1 长垣

结记

▲ 补充片段

这一口语让我想到，在没有文字的年代，要靠结绳记事，用于加深印象。结——记——有结方记。先在绳上、心上打个个小小死结，才开始记事，惦念。把『惦记』紧紧系上。把一个人挂在绳上大于挂在腰上。这个词粗糙，原色。如一块小小石头，从大河上游漂过来，被浪冲翻，站起，再走，沉落到现在，仍叫『结记』。

上面一颗连着一颗，挂满许多颗露珠般的『结记』！那一条沾满青苔与雨声的草绳呢？

2002.12

有一种乡村取暖方式，它胜似劈柴点火，胜似豆秸熊熊火焰在夜空中跳荡，让童年的自己不至于喊冷，这是『挤尿床』。北中原乡村的孩子们在寒冷的冬天里玩的一种游戏。

挤尿床

挤尿床

月亮初升，整个乡村夜空散发出干草气。一群孩子如水中大大小小的葫芦，开始一一冒出水面来了。要一一排立在墙角。

参加人数不限，个头高低不限。

“开始！”孩子王发出一声大喊。

大家一齐用力往中间挤，挤到中间者为王。每一个选手规定动作只能用胯，不能用手或脚，最后会有一个人被挤出队来。挤出就属于败将。他重新排在队尾，继续参加。被挤出的“在野党”还有机会执政。

在冬天的月光里，带热气的喊声飘出一丝丝干草香。大家唱：

挤，挤

挤尿床

挤得小孩喊大娘

尿了大娘一热炕

一直流到东海上

　　歌谣月光般透明，清澈。乡村的冬夜里一共有两种液体：月光和尿。这哪是童年的尿啊，一条小河最终消失在北中原干涸的大地上。在贫瘠的乡村时代，歌谣是童年对远方的向往。憧憬着未见过的大海，却要返回乡土的寂静。

　　那东海龙王一直不知。

2002.8

"蛋"在北中原方言土语里，是一个特定词汇，专指裤裆里那个玩意儿，属生命之根，文化术语称"图腾"。豫东淮阳泥泥狗有来源于生殖崇拜一说。

有时引申为对自家小孩子（多限男性）的爱称。乡村人名多蛋，如狗蛋、喜蛋、孬蛋、二蛋……更亲切些的用叠音表示，如"蛋蛋""小蛋蛋"。在乡村草垛里，这叠音相当于"乖乖""娇娇"及乡村版"亲爱的"。

前面加个动词"咬"，就是惊心动魄之举，"咔嚓"一声，有关云长温酒斩华雄之势，是"打蛇打七寸，擒贼先擒王"之秘诀，要人性命。

咬蛋

咬 蛋

170

这种人不少，每一个村、每一个单位多少都有：去咬别人之蛋，用以扬自己之脸。

牲口之间争斗用"咬群"一词，用到人之间叫"咬蛋"。人的蛋没有牲口大，人的学问比牲口要

非尔雅·咬蛋

咬蛋在北中原口语具体使用中，不是真的张口生吃一个鲜桃或嫩茄，是指在背后说人坏话，出卖朋友的一种行为。

多。

　　人间咬蛋有两种咬法：有张口即来，属于直来直去咬，多让别人能看出破绽，称为"咬蛋虫"。另一种是含而不露地咬，咬得天衣无缝、浑然天成。这种人咬得阴鸷，是"咬蛋"中的高手，会咬、喜咬、善咬。咬蛋者在乡下有个专称，叫"老咬"，老咬才是咬蛋队伍中出类拔萃者。

　　咬蛋之举是否属古风暂且不说，咬蛋之词确是古语。在北中原方言里，"蛋""鸟""老二"诸如此类通感词，属同义词或近义词，所指的位置、高低、左右、大小、重量不同，所概括的范围却一样。观点相同。

补注
（另一口语"挠蛋"，含献媚讨好之意。与本章之蛋无关，另释。）

171

　　咬蛋能上升到文化意义。《水浒传》里经常会冒出来"咬蛋"者。李逵、鲁智深这些人口头禅"你倒咬我鸟来"，说的就是今天的咬蛋。咬蛋在中国是跨时空的。我见到的最早咬蛋出处是宋代古典咬蛋。今人咬蛋，算有师承。

　　我杜撰的名言两句，论气势绝对完美从容之大境也。其曰：

　　人自大地行走，

　　蛋在空中高悬。

2004.1

村里形容某人闲着无聊，便说："无事，你去给狗挠蛋吧。"

并非真去给狗抓痒。这是口头说，不是一种"行为艺术"。

蛋在北中原指生殖器。狗蛋是狗身上的宝。壮阳。如今是城市饭店上品佳肴，成功人士必

172

「挠蛋」归于指代不明的「蛋系」。简写或缩写，全称应为「给狗挠蛋」。显得啰唆。

挠蛋

点。

家里来客，还忌讳打两个荷包蛋，不算恭敬，有喻客为"二蛋"之嫌疑。"二蛋"含有"草莽、莽撞、不懂道、一竿硬"的意思。是"差半车麦秸"没有烧熟的角色。几近无赖。

给狗挠蛋，至今没挠过，尽管挠蛋是一种时尚。世上不一定非要给狗挠蛋才能生活。二大爷说：世上所谓"事业"，说破了，都是在给狗挠蛋。

2004.1

从床上，从炕上、草垛上，或"从娘身上突碌下来"。

小时候在北中原沙地，大家一块儿逃学，课本一时都让狗衔走了。玩着从高高的沙岗上往下滑的突碌游戏。那些桃花，童真与时间，一起从沙漏里悄然消失。恍惚之间，从童年一下子突碌到少年，再突碌到青年。突碌，然后人到中年。

突碌所表达的意思还带有一种放任

小孩子自上朝下滑，叫突碌。

突碌

突碌

173

衣服等物品极快地滑落下去，也叫突碌。

自流的余韵，是一种主动的率性。一个人年轻时可以没有底线，一旦人到中年，尚思守定，不能再"突碌"下去。

在乡村，它还有另外两层意思：

（例一）

"老旦的女人想找我解决点事，那天晚上，见面二话没说，裤子就先突碌下来，灯就灭了。"村长酒醉后，有点得意地如是说。

（例二）

"这个老龟孙，平时看着人模人样，台上说得天花乱坠，关键时候不顶事，去找他办个正经事吧，眨眼间突碌走啦。"老旦的女人评价村长说。

两人对突碌有不同的理解。可见突碌一词自身没有固定的方向性，是不负责任的口语，想突碌到哪里就算哪里。

2006.8

一个人脱滑，躲懒，逃避，关键时刻不负责任溜走了，也是突碌。

174

叫树端端的是啄木鸟，依仗着嘴硬，风雨无阻地穿行在故乡的树林里，行侠仗义。

在乡村小学长满瓦松的窗外，经常听到"空——空——空——空"的声音，像课堂上所写的"文章"一样空洞。

啄木鸟在树上"空洞"以后，那些"空洞"会再通过最高处树梢细细的手指，把这声音传递给远方。声音是鸟的语

树端端

树 端 端

175

言，也是鸟的手语，用于求爱、反馈、震慑，表达思想或传达某种神秘的信息。

它披着一袭黑衣，喙衔利刃，在故乡的丛林里讲经布道。

林子里会有两三个好事的虫子，正想开门外出，刚迈出前腿，忽听到外面"空洞"之声，探出的头立即缩回，关起一扇童话之门。

我家的土墙上挂有一幅宣传画，

『端端』一词在口语里是砍伐、敲打的意思。

日子里使用锤，叫作『用

上面就是一只啄木鸟，肩背一方小药箱，箱上装模作样地画个红十字，像一位"赤脚医生"。它携带自己的愿望和一身绝技，在风雨中斜斜穿行。旗飘青瓦，妙手回春。

　　我猜想它那一方小箱子里的秘密，装着甘草、冰片、麝香、熊胆，及一

锤端端』，用斧头砍树，叫『用斧端端』。北中原把这类鸟叫『树端端』，出自田野的敲打声。

176

把小小的锋利无比的手术刀。银光闪闪。树，一时喊痛。

　　"啄木鸟下锅——吃了嘴硬的亏。"这句歇后语说的不是鸟啦，是人。

2004.1

十画

乡村蓝夜空旷里的行吟者。长袖飘飘孤独的屈子。匆忙赶路的驿马。

把美丽的流星赋予这个叫法，贼星，真有一点乡村独有的戏谑成分在内。即使星星再美，也终是一个黑夜行走的小贼。

在诗人眼里，是另一种景象。痖弦四十年前，写过一首诗《流星》："提着琉璃宫灯的娇妃们／幽幽地涉过天河／一个名叫彗的姑娘／呀的一声滑倒了。"美妙意境只有诗人有资格去掀开蓝夜一角，

非尔雅·贼星

彗星的小名。

贼星

贼 星

兼写给诗人
痖弦

非尔雅·贼星

彗星，是童年意象，是故乡的晚稻如星，是故乡的

偷偷窥到：神仙也光着脚丫，染着凤仙花。像故乡一位少女。

半个世纪以后，这位充满乡愁的诗人从海峡那岸归来。有一天，我们一同坐在中原的星夜下，燃着蜡烛，用乡音相聊。那一夜在中原上空看到的，已不是叫"彗"的那一位姑娘了。她早在苍茫银河里走失。

十年前，我在一首叫《模仿稻叶上一片具体的月光》的诗中写道："一粒彗星冷不丁筛自天上／敲得铜色稻叶叮叮作响。"

178

是写落在人间的彗星。

　　世上的人或庞大的东西，最后都会如流星滑过。跟随在匆匆的小贼星之后，抹去自己的名字。

　　诗人在不知疲倦地运来意象，如我对待彗星的态度。

　　我这样轻松说起彗

179

星时，像说一个乡间的盗马贼，后面有人一声喊，蓝色夜空中那一颗星星听后忽然心虚，发慌。

　　它一头栽下去了，来不及擦一把额头上冒出的细汗。

　　2000.1 长垣

把一颗种子种下，春天就能发芽。把一棵树栽下，秋天就能结果。把一张嘴栽下，来年不知道能长出什么怪物。

对这个词的理解，让人得去费神、揣摩、想象。

在许多时间庸长

瞌睡的时候，脑袋就一点一点地往下栽，越落越低。有的人栽嘴时，还伴着流口水，嘴角扯丝。

这种声情并茂的睡相就是

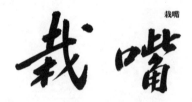

栽嘴

180

栽嘴的传神写照。

非尔雅·栽嘴

的会议上，多见到这样的"栽嘴"相。

开会，是熬日子熬工作。

我二大爷说，如今栽嘴是一件轻松事，早些年的嘴是"栽"不得的，栽不好真能长出怪物。他说那一年夏天，公社"落后分子"分指标，一如当时征收公粮的摊派任务。每村得把分配的数字凑齐上报，才算完成任务。

有人出主意：全村要选一名落后典型。

大会开始，村东一个叫吴作奇的酒鬼，

中午喝了一斤半道口"小鸡蹦"酒，正迷迷糊糊地"栽嘴"，大家干脆定他了。轮到他发言，旁边人去拍他的肩，他猛地惊醒，忙说："这么快又轮到我喝啦？"

众人一时倾倒。

2001.8

『起火』在口语里有两种意思：一种是生火，埋锅造饭；另一种属于飞翔。乡村元宵节日的火药，接近航天的概念。带杆的一种花炮，点燃升空，叫起火。

起火

孙百文在课堂上说："世界上发明上天的火箭，就是靠受中国古代的一杆起火的启发而来的。"我小学时降级两年，累计放了上百支起火，也没有启发出来这样的科学头脑。

长大后，倒是看到《金瓶梅》中记载"最高处一只仙鹤，口里衔着一封丹书，乃是一枝起火"。这是一个隐者小说家偷放的。这一枝起火升腾，它躲过了文字检察官。

童年的那一杆起火。

我六岁就尝试着捣鼓火药，配制起火。用铁粉、硝硫黄、木炭为原料。手上疤痕累累。我把学习的课本裁成装药的卷纸，最后把成品绑在一支芦苇秆上，升起在属于童年的天空之上。

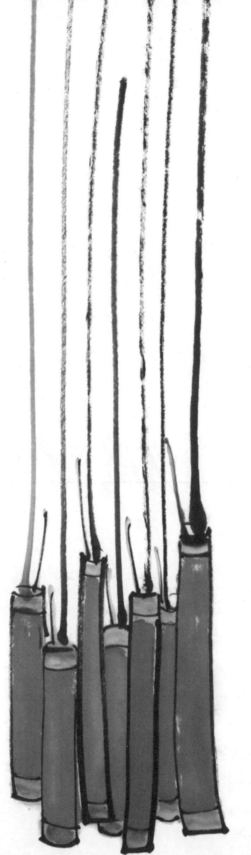

也有失败的，刚刚
向上就醉酒一样一
头栽下。

深夜，我们就
对着队长家的麦秸
垛放起火，那起火
斜斜飞去，像断翅
的火老鸹，直到点
燃。它的意义接近
火烧曹营。不同的

183

是周瑜烧了曹操的
战舰，我们烧的是
队长家的麦秸垛。

第二天，队长
娘子王美香开始骂
街。

2010.8

一

一个典雅的古词，平时只在书卷上出现：如倜傥洒脱、风流倜傥。它天生只能与周瑜、柳永、唐寅、徐志摩这些人般配。为伊而造词。

在北中原，它属于日常生活用语，连乡下八十岁大字不识的老太太都会随口诌出，我二大娘也经常发出这个词音。算古汉语在中原民间长河沉下的一片语言化石。难怪一位南方文友到中原游走，我俩赶庙会归来，他大吃一惊：

"真了不得，连老太太说话都是豫剧文雅的道白。"

河南话一拐弯就是豫剧。

倜傥

184

二

在北中原，当一个人因为得意忘形而不知天高地厚时，当一个人上蹿下跳如毛驴不上槽时，乡村的那些姥娘们会挥着拐杖，半嗔半怒地骂道："你个小龟孙，倜傥个啥！"

这里用的就是"倜傥"。

三

一个一身长满青苔的古词，在一千多年前《史记》里就有。司马迁艰难地从蒲团上坐起，挥刀，把它刻在一片片发青的竹简上，然后烤干。

这个"腐人"用心去刻上这两个字。

2002.1

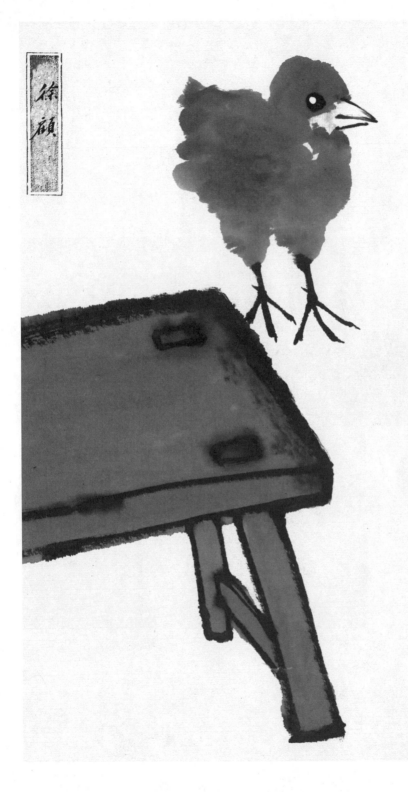

是重复流水，是印刷时光。是人或事在心里的一种"翻版"，是对记忆的一种复写。一个人在乡间迷路了，边走边看来处的路标。一切皆空。徐徐看，徐徐而顾。

往事如烟，对消失的那人那事，爱恨情仇，还徐顾吗？

"徐顾"不是片段，是

『在心里回忆一遍，还能否记得？』这是『徐顾』一词的本意。

徐顾

187

整个童年和乡村的无限延伸。乡村生活注定让我要当一名诗人，即使不写诗。在某个无意瞬间，打开乡村一个小小口子，我开始回忆。这种过程就是一个诗人完成的过程，是一种文字的徐顾。

乡村的结构多层次，我徐顾表面的宁静，内在的穷朴。城市让我下沉，乡村让我上升。

记忆给我一张单程车票，我在旅途上"徐顾"。

2006.5.28

『提起他来，就疼得你心里格地地的。』

——《金瓶梅》

乡村最具有美感的口语之一。再没有比用这个词去形容心灵受惊吓更到位的了。它有动态，有形状，有声音，像一束乡村

格地地

格地地

188

乡村之夜，一个人行走在墨黑的空间，前后静得后背发凉。忽然，谁的一声惊吓，你的魂立刻像一方瓦片从屋脊上掉下，碎了，听到一颗心落地的声音。

最后，知道原来是自己心里想见的那一个人，便嗔怪道："吓得我心里格地地的。"抬腿便是一脚。

在乡村暗恋一个人多年，把

冬天风中的沉草，簌簌颤抖。因为突然，因为疼痛。

非尔雅·格地地

对方的名字在心里一辈子捂着，暖着，舍不得公开。有一天，无意听人说，这个人远走他乡，再也见不到了。这时的心里，忽然跳出这个词：格地地。

我有过那种感觉，那个小小的"格地地"，不等你邀请就来了，像小小纸窗关不住的一阵急雨。它在拒绝与失望里穿行，是心颤动的声音。

189

恍如多年后，你无意打开情人、亲人的旧信、旧照，如打开一场纸上旧雨——格地地的——什么涌来了？

这沾满北中原泥色的口语，什么时候浮上那一张淡黄暧昧的书页？是脆弱得拿起就折的感觉。在风中，这个词小心翼翼地张望，看着我，唯恐一时抓不牢摔下，跌落在心间。

2006.5.29

村西头牲口市上臊气弥漫。有一个奇特景象，面对一匹平静思考的驴子，一个乡村经纪人会站定，在袖子里与买卖双方激烈较量牲口的价格，是在颠簸"袖子里的一匹毛驴"。

经纪人心怀鬼胎，又想促成。表面堆满笑容，风平浪静；心里面暗流涌动，春秋战国。

我耳闻目睹，稍稍了解皮

捏码

捏 码

袖里的语言叫『捏码』，又叫『打码』。乡村集市上袖口里的捏码，是买牲口的一种独特手

毛。会袖口手语的一个二大爷诱惑我，问："学不？我教你。艺不压身。"

他告诉我：一个大拇指或食指弯曲是九，小拇指弯曲是七。捏码子也属于一种"秘算"。我叹道，这不是潜伏特务吗？

二大爷说：差不多。

乡村的无数匹毛驴、骡子，在小小袖子里穿梭成交。它们

语。乡村经纪人在暗处洽谈价格高低，属于一种数字暗杀。

一匹一匹被算来算去。可怜的毛驴们，在乡村无声的风中被人暗算。

我姥爷说，这也叫"袖里吞金"。不好学。

每次从乡村集市上返回，我拎着一串铲掉的马蹄片子。这些用铲马铲子削掉的马指甲，一片片气味独特。我带回家可以做花草底肥，肥力可达半年。

191

一个村里多少人会袖藏沧海？我是没有纠缠的耐心的。

我一直不明白两个人在袖口里神秘的手语。不知道那些暗处的语言是如何相交、重叠、绞缠，最后又如何分开妥协？一如两个乡村瞎子在月光下表达的暗语。

2011.12.5 客郑

一个我叫三姥娘的长辈，当年是一脸大麻子。全村我该叫三姥娘的不止一个，有一组的三姥娘。为了与其他三姥娘相区别，前面加上特征，称"麻三姥娘"。

她说话声音大，嗓门洪亮，人缘好。

大地上可以种树栽花，北中原人的身体上亦可栽花。村里把种牛痘叫作『栽花儿』，带儿音。轻松得真像在胳膊上栽一棵花草。

栽花儿

栽花兒

192

有一次，我偷她家未熟的南瓜，她可惜，生气叫骂。面对一个小无赖，她也没法，主动把小南瓜送我家，让我姥姥下锅煮吃。多年后，想到麻三姥娘用的可能是一种"反讽"手法。

我姥姥护短，笑说："替你摘瓜了，还省你力气呢。"

事后我问姥姥：三姥娘咋一脸小坑？下雨淋的？

姥姥说："是她小时候出天花出的。"

在乡村瘟疫年代，凡能求得一条小命的人，脸上都要落下印痕。"麻子，是拿命换的！"麻三姥娘如是说。

走亲戚时，乡村可见到一张一张麻脸出现。每村都有几面，星光灿烂。

胡半仙讲过，天花，中医叫痘疮，是个让人谈虎色变的恶魔。下至草头平民，上至达官显贵，天花面前人人平等。连北京紫禁城的红墙也抵挡不住天花的翻越。大清国十二位皇帝，其中顺治、同治实际死于天花，康熙与咸丰侥幸从天花魔掌中抢回性命，脸上留下麻子。

20 世纪 60 年代出生的我等之辈，伸出手臂，人人都有种牛痘的

痕迹，可以说凡有疤痕，皆为同志。称"栽花儿"，听起来富有诗意。伸臂，画十字，上药，喊痛，然后避风，请假条，要吃虾米、鲫鱼，故意让其发炎。

那种情景定格：乡村小学，孩子们排着队，伸出清一色的瘦胳膊。一个个战战兢兢。

"下一个！"乡村医生执针高喊。他像杀猪的刽子手。

2005.1

这小小乡舟如今在乡村时光里搁浅，无海可渡。

——题记

盛放粮食的一种农用器物，是我们北中原生活中常用的编织物。

笆斗必须用黄河滩里一种叫"簸箕柳"的枝条编制，中间用牛皮绳或麻

笆斗

笆斗

194

笆斗的特点是坚密结实，盛水不漏。这一点不像竹篮。乡下人爱说竹篮打水——一场空。若用笆斗打水，就不会落空。

笆斗还能写入北中原的风俗之中。闺女家生孩子"过九"时，娘家人多要扢上笆斗去看闺女，笆斗里装上染颜色的鸡蛋、红糖，再装上一把豆芽（寓意孩子发芽生根）。

非尔雅·笆斗

绳穿系，最上面带一独系，用白蜡杆制作，便于用胳膊来扢。

留香寨是北中原的杏乡。每年杏熟时节，姥爷就让我挑选那些个大色鲜的熟杏，用一个个笆斗盛着，步行扎着，或系到自行车后座上，骑着旧车，去给远近不同的一户户亲戚家送杏。上官村、庙丘、桑村、沫村……在我少年时的印象里，笆斗成了传递亲情的道具，若一方独特的小舟，运载着满满的乡情与童心。

制笆斗是祖传下来的手艺。在我们那里，制笆斗的人叫"捆笆斗的"，照我的眼光和标准来看，称得上是北中原走村串庄的"民间艺人"。

有一年，我走在小城的集会上，忽然一个人喊我，是二十

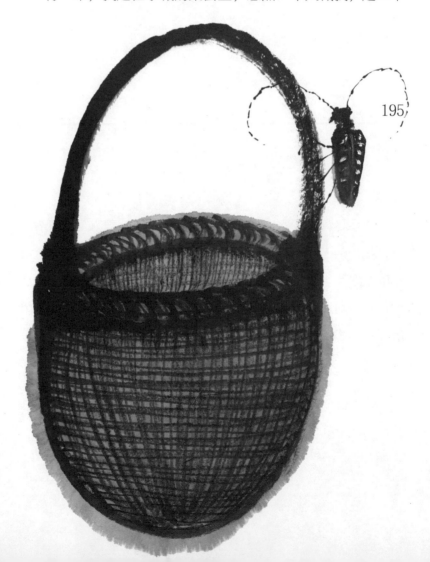

年前小学时的同学，叫马十斤。他正站在集市上的风中销售笆斗、簸箕。他说小学毕业后，就开始在本村编笆斗、簸箕，后来结婚，生子。

我这才留意到，车旁还带着一个小孩子，在风中冻得流着鼻涕。我一问，爷儿俩还没吃午饭，我从一边小摊上买了一串油条。

临别时，他犹犹豫豫地说，没啥可送的，送个笆斗吧。

我选一只最小的，可以让母亲盛豆。

几年后，偶然从别人口中听到，这位小学时的同学有一次去堤东送货，在黄河大堤上被人劫财害命了，劫走身上带的十

元钱。

笆斗尽管不漏水，盛着小小的黄豆，也盛着人生的无常结局，如一条无底的谜语，让人无法去猜，何况仅仅只是一个小小的"捆笆斗的"民间艺人。他捆得再好，也捆不住无常的命运。他们在乡村风里的大草棵中间穿行时，秋霜袭来，如一只小小的无助的蚂蚁，还没有笆斗里的一颗黄豆大。

2000.1

十一画

在北中原乡土词汇中，暴雨称为「白条雨」，另一种不暴的细雨，叫「梦僧雨」。又称「梦情雨」「梦晴雨」。

梦僧雨

198

恍惚是说寺院里的雨。恍惚一个年轻僧人，正在幽静中做一场蒙眬的清梦。青墙颓废。花草典雅。

其实不是这回事。

这个词带一丝伤感暧昧，能称晚唐遗风，我想到杜牧、李商隐这些人飘在律诗中若有若无的一件青衫，或眼前一面酒旗。

梦、僧、雨三个字组合，有时空，有色彩，恰好在看法国小说家西蒙的《弗兰德公路》，所谓的色彩斑斓 的"新派小说"。因为丰富，所以绝妙，我说的是故乡的语言。

我更多的是延伸中国诗。譬如"春雨楼头尺八箫，何时归看浙江潮？芒鞋破钵无人识，踏过樱花第几桥"，是浸湿苏曼殊芒鞋僧衫的细雨。还有王维的"山路元无雨，空翠湿人衣"，而"细雨湿衣看不见"是刘长卿的。再说要扯到金圣叹的"半窗关夜雨，四壁挂僧衣"。

在农事的口语中，许多人会如此平常又古典地说起这个词。

三十多年前，一个乡间的孩子披着外祖母的一件薄薄单衣，穿行在一九六八年北中原那一场魂牵梦萦的"梦僧雨"中。

在时空里，我能认出来，那个孩子就是我。

那一年你一岁，那一年我四岁。

2000.8

199

北中原所谓黄叶，单指白菜。从黄到白，色彩的转换。不含诗意。

曹雪芹坐拥一个"黄叶村"，虚构一种黄叶飘落之貌。我少年时读诗，看到天才神童王勃一句气势极大的诗，也很吓人："况属高风晚，山山黄叶飞。"这里是上升。范仲淹所写的"碧云天，黄叶地"，这

200

黄叶

黄菜

里是下坠。

北京人把这种蔬菜之王称作大白菜，到我们北中原，变"黄"了，菜叶再白，也得称黄叶。我画过"春韭秋菘"，菘就是白菜。

我二大爷冒着挨打的风险在阎家村酒桌上讲笑话：一个姓黄的和一个姓阎的开玩笑，进饭店要点一种辈分最大的菜，那就是"黄爷"（黄叶）；若点一种辈分最小的菜，那就是"阎孙"（芫荽）。

冬天来临，堤东来人会为我家送来一马车黄叶，有"以菜充粮"的安稳。父亲开始领着我挖坑埋菜，储备黄叶过冬。

先用刀削根，再用红薯秧捆绑（为节约麻绳）。整理好

后，一排排码整齐，待黄叶们一棵一棵肩并肩挤在一起，就开始一层一层埋土。等我们盖上最后一锹沙土时，冬天的第一场雪紧跟着就敲门进来了。

早雪的意象可谓"白上的白"。

201

我姥姥给我说过一句耐人寻味的话：

"世上大鱼大肉都有吃厌烦的那一天，唯有白菜，百吃不厌。"

我想，秘诀在于它清淡，不花哨，如平淡人生。

2006.8

后来看到县志办马主任竟写作"社火"，我觉得不准确，叫"赦活"对。在北中原，"社火"更多被当作烟花、爆竹。火树银花照天烧，讲究一个热闹。

我姥爷当年讲古，说那时当官的人死后用真人殉葬（如下饺子）。后来觉得残忍，改成用纸扎的人

死而后生，棺材在村里偏偏叫『活』。人死后，纸人、纸马等陪葬品，村里叫『赦活』。

赦活

器物五

202

殉葬，大赦活人。听得我们头皮发麻，睡不好觉。

村里职业扎纸匠是赵天柱，专扎赦活。扎赦活道具简单，有纸张、竹篾儿、麻绳、剪刀、糨糊。谁得罪了他，他会拐弯骂人，说："啥时给你扎个赦活？"

送赦活有讲究。亲人去世后，要有闺女去置办赦活，五件、十件、二十件不等，根据经济条件。扎赦活种类有金童、玉女、楼房、马车、金山、银山、摇钱树、聚宝盆。

有些孩子在主人家出殡时，一人执一只纸器，向坟地跑去。照乡村规矩，每执一个，主人付一角或两角钱。

赵天柱后来与时俱进，再扎赦活时，有洗衣机、电脑、冰箱、

轿车、手机。他还说：
要不，给你爹扎个小姐
吧？

赦活焚烧后深埋土
里，沾满泥巴，孤独地
听外面簌簌行走的草
声。

那天我二大爷对赵
天柱调侃道："别看现
在你手艺精巧，到你断

气那天，没人给你扎赦
活啦。"

赵天柱反驳："我
先给你扎个。"

2006.9

用竹篾、柳条、荆条或铁丝编成的半圆形器物，罩在牲畜的嘴上，叫「笼嘴」。笼罩着嘴。其实叫「嘴笼」更准确。

每一次磨面时，我姥爷怕磨道里的驴子偷吃粮食，除了戴上一副笼嘴之外，还要用布蒙住牲畜的双眼，说避免头晕。牛驴们不知身后是否有人，心里没底而只好一味向前。

集市上有个风俗，卖牛却不卖笼嘴和牛鼻

笼嘴

器物六

204

绳。笼嘴卖了，象征自家以后不再有牛。

早上，卖牛者出门牵一牛，暮晚归家，背着手，掮一条牛皮绳和一副笼嘴。笼嘴空荡荡的。这是一条形而上的牛。绳索上系着一个魂儿。

二大娘骂人："你嘴上戴笼嘴了？"暗喻你是一头畜生，不会说人话。

骡子、驴子、牛戴笼嘴，主要防其"偷吃嘴"，防止它们啃食庄稼、树皮。对大牲口们来讲，笼嘴是一种自我约束、监督。

二大娘形容得势一时又失落一时的人，用村里一个歇后语："嘴巴上挂副笼嘴——吃不开啦。"

大家都知道她说的是谁。

2010.5.10

龍嘴

掖是动词，塞进（衣袋或夹缝里）。这是一种黔驴技穷之后的表现和窘相。一个堂堂男人，屌都掖起来了，还能干日天事乎？

在乡村，性侵犯是男人雄性进取的一种象征。对一个男人而言，从性意义上去否定他，更具有精

『掖屌吧！』日常用语，『语场』针对男性而言，相当于去球、告蛋。多了一种动作上的婉转。

206

掖屌

乡村状态

神上的打击力度。

掖屌属于"退却、失败、负面、走麦城"的范围。那天，我见到昔日一个同学，闲谈时询问昔日是乡秘书的李建营的近况。

"他早到蛤蟆乡当乡长啦。"

话头一转，他说："不过去年县长出事，涉及他。"

"现在呢？"

"掖屌了。"

2009.12.7

在北中原，一般是大人后面跟着小孩子时适用此词。小孩子在娘的身后紧紧跟随，母亲会亲昵地嗔道："看这孩子得拉着，我甩都甩不掉。"形容郑板桥的字是"乱石铺街，老翁携孙

两层意思：紧；长。

有『紧紧跟着』『拖着』『随着』的意思，如架上『丝瓜长得得拉着』，是说瓜长得拖到地上。

乡村状态

得拉着

得拉着

207

之相，孙百文就说这字是"得拉着"。

日常生活中穿衣不讲究，松松垮垮，就是"这衣服在他身上得拉着"。

寂寞时光，我以见到小宝他娘和队长娘子王美香对骂为快乐。

有一句：

"……要不是你男人裆下有那俩玩意儿得拉着，早就能得上天啦。"

2007.5

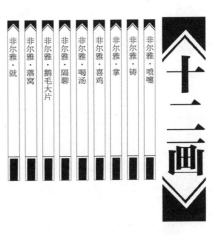

十二画

非尔雅·喷嚏

非尔雅·铸

非尔雅·掌

非尔雅·喜鸡

非尔雅·喝汤

非尔雅·隔聊

非尔雅·鹅毛大片

非尔雅·落窝

非尔雅·就

一

在乡村口语里，"喷嚏"不是那种常见的生理现象，是一种乡村象征，一种谶言。它有两层意思：

村里祖上传下来的习惯，不可怀疑和否定。它神秘、

一、肯定有人在背后说闲话、坏话；二、肯定有人思念、怀念。

寤言不寐，愿言则嚏。

——《诗经·邶风》

喷嚏

某种乡村预言

210

准确、应验。

农忙过后，乡间无事，大家抄着手，蹲在村头向阳的墙根。由一种"喷嚏"引出来话题最多。开始无事生非，三长两短。

后一种的思念，是人在乡村枯燥日子里的一种快意开脱。

赵五豆那天在燥热单调的田野锄地，忽然，有尘土飞到鼻子里，便打了个大大的喷嚏，看看四周无人，嘿嘿一笑，自我解嘲道："谁家的大闺女想我了？"

接着，埋头锄地。锄着锄着，看到草棵间两个小虫子相拥，他开始没心思锄地了。

他回家后便夜夜做梦。母亲叹息后，便找媒人。母亲知道

没有一笔钱，是不可能把个嫩生生的媳妇娶回家。

两年后，一个小伙子从人贩子手里买回个山里媳妇。媳妇回门时又走失。

行话叫"放鸽子"。

二

多年后，我在深圳一次聚会上讲到这一口语，讲到北中原乡村漫长的无奈，青年作家西蒂信疑参半。正好，一个染黄发的小伙子"啊——嚏——"了一声，打了个响亮的城市喷嚏。

他揉揉鼻子，问我："你说，这是什么象征？"

211

我笑了。

"这是你要感冒啦，快回家加一件衣服。"

2006.5.22

铸铁锅，铸铝锅，铸犁铧，一律读作倒铁锅，倒铝锅，倒犁铧。我姥爷说，上古人就是这么说的。书上读音可有点"失古"。

春天来临时，春和景明，春分后昼长夜短，正是干活好时

"铸"字在北中原乡村不读 zhù，读 dào。作动词，意思是铸造器皿。字典里不是此音，只在民间如此。

212

光，总会有一身铁腥气息的铁匠在乡村游走，像乡村飞动的大鸟。他们是去年来过的铁匠。

母亲把平时积攒的铝金属之类拿出来，敲打干净。计有旧铝勺、小铝锭、铝皮、铝罐头盒子。据我观察，还应该有飞机上一个神秘的铝零件。

突然，乡村铁匠认真地把我拾的牙膏皮挑出来，说，这是锡。

我说，锡和铝的合制品更硬。

母亲说，小师傅，家里就这些啦，你就看着办吧，要凑合着铸一口大铝锅。

风箱在有规律地响。小铁匠在不断添着煤核（读 hú）。火

苗一如虚构。乡村铝锅是这样铸成：

根据提供的原材料，铁匠铸一个相应重量的铝锅。乡村铁匠铸有五斤的铝锅，八斤的铝锅，十斤的铝锅。他们一边对我吹牛说，一百斤以上的锅也会铸，那该是寺院和尚们使用的。

这，我长大后才知道。有一年，我在少林寺一棵银杏树下，见过一口用来盛小米和偈语的铁锅。和尚们聪明。

213

当年的铁匠说，常用铝制品不好，里面的铝元素伤脑，痴呆。

他没有说伤情。我家至今使用的还是母亲生前铸的一口铝锅。母亲当年说，铸一口锅就能使用一辈子啊。她一直发音说铸为"倒"。

2011.11.16 客郑

掌，不是手掌，也不是熊掌。不作名词使用，而作动词，是『加上』『放入』『掺入』『拌上』的意思。如：往水里掌点白糖，往锅里掌上红薯，往菜里掌点醋……一律都说『掌』。

为何用"掌"概括，不去用"足"？

这个词可能源于乡下人对物的珍惜与珍爱，以及更细致的一种乡村情怀，所有

214

的宝物都要从手掌之上出发，擦着纹路，一一经过。

譬如"掌"油。芝麻油是调剂日子的贵重品，调菜时才用。我姥姥一般是用一根筷子，小心翼翼地伸到油瓶里蘸一下，再往菜里"掌"，几滴油便觉得满盆浓香。我掌完油，用嘴巴擦擦油瓶。

大家都笑。暮晚灯光在往身后躲闪，像油瓶摇晃。

掌还有其他系列。掌鞭，是说村里赶马车人。掌案，是说伙夫。掌灯，是携带一点光明在黑暗里行走。我对"掌"的注释有感觉的是那一只小油瓶。

尽管它高不盈尺。"掌"下仅仅几滴，够我一生享用。

2006.8

鸡在北中原读「交」，喜鸡发音为「喜交」。

乡下结婚时有种礼仪风俗，迎亲那天，男方要给女方送红鸡两只：一只红公鸡，一只红母鸡。用一条红麻绳把它们绑在一起。

喜鸡

215

结婚之后，女方家里养着这对鸡，不能卖，更不能杀吃。日后被黄鼠狼当第三者拉走，那是另外之事。

这种鸡叫喜鸡。喜鸡必须是大红颜色的鸡，其他颜色的鸡不行。村里有谚："拿只鸡，换个妮。"意为沾了大光。

喜鸡是乡村婚姻过程里一个不宜忽略的红色细节。听胡半仙解释，选喜鸡极为讲究，提前预订。要求是当年母鸡孵出的新鸡，象征结合的男女双方都是新人。用隔年老母鸡孵出来的，有老夫老妻之嫌疑。用一只老公鸡和一只当年小母鸡，是老夫少妻。老母鸡和小公鸡结合，有点儿老妇少夫之嫌疑。娶亲时，押送这对喜鸡的人也有要求，是有妇之夫，儿女双全。

马胜利家办喜事时，在娶亲途中，一只喜鸡挣脱跑掉。胡半仙吃桌时，悄悄对我二大爷说，看吧，这家日子肯定过不长。

不出半年，女的去向不明。

后来我姥爷在集上遇到胡半仙，埋怨说："人家都是鸡嘴，你咋是一张老鸹嘴？"

胡半仙解释："你没看那一只喜鸡半道就跑了！"

2010.3.9

乡村常用的问候词汇。同村两人见面，打招呼，会问："喝汤了吗?"

早饭不叫「喝汤」，晚饭才叫「喝汤」。晚饭即使你吃的是干饭，即使上二十几道大菜，也得统统归入「喝汤」范围。

喝汤

喝 湯

　　孙百文从地理上分析，他说中原气候干燥，人体需水分调节，反映到饮食上，才有"喝汤"习惯。

　　我立即予以否定。这是贫穷所致。北中原的人为省粮，过去吃不起干饭，才大事化小，繁事化简，整天"喝汤"。喝汤就是穷人过日子的一种食法，最简单的活法。

　　姥姥说民谣"窝头蘸酱，越吃越胖；蒸馍夹肉，越吃越瘦"。一种乡村黑色幽默，含有乡下人对贫穷无奈的对抗。在乡村生活中，有细粮稠饭吃，谁还愿意去喝汤? 姥姥还有一句更生动的话："有头发，谁还去装秃?"

　　我姥姥将白面掺水搅拌，一手端碗，一手执筷，挑起面团

『汤』又分咸汤、甜

汤两种：咸汤为豆腐汤、

胡辣汤、鸡蛋汤；甜汤则

为小米汤、绿豆汤、豇豆

汤。『甜汤』不是指放糖

的汤，是一种小麦面做的

面汤。只有北中原有这种

做法，又叫『面穗汤』。

用力搅，把面团搅得又筋又光，待锅里水滚开时搅入，打成穗状即可。

大米汤却不能称甜汤，称为"稀饭"。上小学时，邻桌同学叫张小五，与老眼昏花的祖母相依为命。有一种叫"尿素"的化肥，一百多元一袋（日本株式会社产）。色白，呈颗粒大米状。有一天烧饭，老人错把门后的一袋化肥当成大米下锅。张小五放学喝了半天汤，也没喝出一颗米粒，埋怨奶奶，为何不丢一把米下锅？

"我都下了满满一瓢呢。"

学校开始有传闻，说张小五个儿矮，为了长个儿特意去吃

化肥。

二十多年后，我见到老同学在乡村收鸡，自行车后架上插一把蓬松的鸡网。童年吃了化肥，仍没长高个子。

他立在乡村的风里，木刻一般。才四十岁，如一截晚秋的干草，被时光榨干水分。

我想到当年那一袋化肥一定在门后呆呆立着，故意不语，看他喝汤。

2006.8

在乡村，它集吝啬、不易打交道、不开化、固执、倔强、别扭等意思之大成，在乡村时光里搅拌一下，再混合为一体。

隔聊

我的草木公案

望文生义，"隔着门缝兴致盎然地神聊"。

说某人有点儿"隔聊"，等于在交往上定论了，左邻右舍不愿与其打交道了。

我去别人家借簸箕、面罗，尤其去王美香家借，二大娘会交代："这一家人隔聊，怕不会借你。"

出乎意外，极端"隔聊"的王美香也会借给，只是出门前啰唆百遍："可要小心使用呵，千万别碰坏呵……"

县志办马主任对我说，应是"猲獠"二字才对！

"猲"是介于狼、狗之间的一种兽。如此称呼，意思无非是说未曾开化，尚存兽性。

说破了，"獦獠"就是在文字上骂人。

当年惠能不远千里，向弘忍求道。弘忍笑道："汝是岭南人，又是獦獠，若为甚作佛？"惠能机智，答道："人虽有南北，佛性本无南北，獦獠身与和尚不同，佛性有何差别？"

惠能的话表明人人佛性相同，人人都能成佛。

一个青面獠牙的词汇，仍在北中原乡村穿行，带一袭尘土，一丝古风，一片铜锈，披着细霜，淋着斜雨。这个扎手的词在乡村豆青色的月光下行走，已演变成乡村另一层意思。

2006.9

221

鹅毛大片

鹅毛大片

222

西方把投资千万美金的影片称『大片』。而『鹅毛大片』在我们这儿是另一回事，不指小得可怜的雪花，只指大雪花。（世

上鹅毛再大，也大不过一只鹅。）

非尔雅·鹅毛大片

先来误读与延伸：

童年的雪似乎比现在要大，乡路两边的雪都高过头顶。做过这样一个梦：有一天上学，通过了一条长长的雪洞！

乡村短暂的小雪，富有诗意；下雪时间一长，村里会弥漫一丝恐慌。下雪意味着缺柴断炊。连雪的日子里，乡下人更多是面对自家门框或小窗，伫立叹息，计算着粮囤的高低。

雪日看《水浒传》，风雪山神庙时，

大雪掩盖着林冲的忧郁。宋代那场雪就是北中原的"鹅毛大片"。

话说滑县牛屯出过一名廉吏，叫暴方子，在江南当"巡检"小官，得罪上司罢了官，无路费还乡，一家困居太湖西山，隆冬时断了炊。四周百姓念其清廉，奔走相告，纷纷冒雪送米送柴，最后涉及八十余村、七八千户。暴方子竭力劝阻，竟难终止。这些人是僧侣、小贩、走卒、妇女、儿童。

送的为何物？我看过《柴米簿》上记载：除了米粮"硬件"外，有如下杂物，觉得有意思，就记下：

鱼两条。

松子一篓、猪蹄一只。

年糕、端砚、冰糖并小儿玩物。

糯米粉二罐、鱼六条、猪腿一只。

年糕二方、松柴一担、皮蛋三十个、酒八斤。

茅草一船、鸡一只、米一担二斗五升、松柴一船。

…………

在鹅毛大片里，山路上行走着拄杖的老妪、冻得流鼻涕的孩子、担草的樵夫……当地一位叫秦散之的民间画家大为感动，画《林屋山民送米图》一卷相送。这才是最好的礼物。

故事与长卷在后来逐渐延长，再延长。为《林屋山民送米图》题跋落款的有胡适、朱光潜、冯友兰、俞平伯、沈从文、徐悲

224

鸿、朱自清……画面上白雪
茫茫，一群小民三三两两，
在几间草屋前担柴负米。送
米时下的雪就是 "鹅毛大
片"。

　　一场雪从江南蔓延到北
中原，从过去蔓延到现在。
汉字在长卷上纷纷跌落，摔
碎，叹息，呐喊，抗争。

　　　　　2001.1

鸡一出现"落窝"状态就不下蛋，属于一种停蛋行为。喂鸡的主人最不喜欢鸡"落窝"，经济来源告停。

鸡"落窝"就得整治。我姥姥总结两种独特

鸡不下蛋，整日又咯咯叫唤，心思不定，出现这种状态，我姥姥断定鸡是「落窝」了。「落」不读 luò，读 lǎo。和莲花落最后一字的读音一样。

家禽的表情

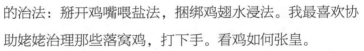

落窝

225

的治法：掰开鸡嘴喂盐法，捆绑鸡翅水浸法。我最喜欢协助姥姥治理那些落窝鸡，打下手。看鸡如何张皇。

总有一些勤劳的母鸡不落窝，连着下蛋的叫"不歇窝"。它们会得到我姥姥加倍的犒赏，让我喂它们田野捉来的蚂蚱。

村里，王美香平时喜欢装懒，有人私下说她属于"吃嘴不做活，串门说瞎话"的角色。两口子吵架时常以她为例。

我姥姥笑着对我说过：你看那王美香，咋看咋像一只"落窝鸡"。

2014.12.1

在村里吃饭时，能有一种或几种菜佐食，食语叫『就』，辅助、佐餐意。多称『就菜』『就饭』『就吃』。

就

226

　　吃饭一时没有佐食相辅"就"的，这种状态叫"干喝"。一年四季相比之下，村里单纯"干喝"的日子更多。

　　即使有东西来"就"，多是些简单的咸萝卜疙瘩、咸芥菜疙瘩、咸菜帮、青菜杂物。村里偶尔有一家的油香自窗口飘出，哪怕细细如线，都会穿越每一个人的鼻孔，触动味蕾。

　　谁家做好吃的，都要在饭场展示一番，近似一种"炫食"。

　　孙德宽家两个儿子都到了娶媳妇的年龄，孙家对外想留一个家庭富裕的印象，需要造势。他家住村东，本该在村东饭场，偏偏要到村西饭场。

　　麦罢终于有一天吃肉了，唯恐全村人不知，孙德宽端一碗

捞面，他要穿越全村，延长食程，他要前往村西饭场上。

路上有人奇怪：德宽，咋串场了？

他把一片肥肉放在碗的最上面，那一片肥肉煮得酥烂，颤巍巍的，似乎一走一动，像风吹一片叶子。他走一路，用筷子拨拉一路肉片，就是不吃。引得一路人惊叹：看，德宽吃饭就肉。

我也看到了。我家只有一碗捞面，没有就肉，碗底略显逊色。"德宽舅，你吃捞面就肉啦？"

街上空旷。飘满肉香。这是孙德宽需要的效果。

听他谦虚的口气对大家解释："唉，天天就肉，天天就肉。"随着话头，又拨拉一下筷子。

2014.1.26 客郑

十三画

非尔雅·碍眼

非尔雅·嶅到

非尔雅·跩

非尔雅·煞戏

它宣称时间既不错误又不正确，但我早就已经熟悉这种黑夜。

——裁截两行弗罗斯特的诗句

案头上的词典里这样解释「碍眼」：

一、不顺眼。二、在别人跟前使感到不便。都是作形容词使用。

碍眼

碍眼

230

"碍眼"在我们村作名词用。它是一种套在驴脸上的面具。又不像豫剧脸谱，属于一种面饰美学。驴子戴碍眼更多的是为实用，多的在驴子拉磨时，防止它偷懒，偷吃粮。

从乡村阴谋论上讲，戴碍眼的目的是让驴的脑子糊涂，莫明其妙，忘记时间，忘记方位和前程，一味前行，进入陶渊明说的"忘路之远近"的境界。

这状态只是苦了一匹未名的驴子，不知路途远近，一门心思只想提前把道路走完回槽。驴道不尽。路漫漫其修远兮。

制作碍眼的原料为乡村土布、棕麻，棉线缝合，也有主人顺手找一块旧布挂上驴额。我问过姥爷：皇帝家的驴子用丝绸缝制吗？姥爷说《史记》上没有记载。碣眼在乡村每一个集市上都有出售，普遍程度像现在城市里卖太阳镜。我少年时在小镇上偷看盗版片，里面出场的海盗多斜戴着一个黑眼罩，神似磨坊碣眼。

滑州的草台班子在村里唱戏，双方打擂比赛，叫"唱对台戏"。输的一方要在戏台子的柱子上挂一面驴碣眼，一种象征，以示技低服输。在村里，说一个人见识不远或办事没有眼色，就说"这人戴着碣眼"。

那年批判《水浒传》时，我看到《水浒传》里还有一副碣眼，"却说海阇黎这贼秃，单为这妇人结拜潘公做干爷，只吃杨雄

阻滞碣眼，因此不能够上手"。

这里是碣事，一块石头。杨雄真该戴一副驴碣眼。

"这年头，人人都戴着碣眼。"我姥爷又补充一句。近似乡村哲语。

2010.8.8

控下来仅有的几滴水珠。

要高高吊起一方器皿，努力

『蚊子腿上剔肉』的意味。

『无中生有』，还有点儿

急。属于困难状况里的一种

如食物、散钱，用于当下应

出来，或者变出一些东西，

民身上，是千方百计也要弄

乡村动态词。用在平

并不是『周到』的意思。

232

斟到

一个人在乡村将日子能斟到着过下去，需要一种生存本领。勤俭吃苦，能将艰辛过出来一种滋味。面对眼前窘境，我姥姥经常安慰道："斟到斟到就有了。"

"斟到"是穷人的办法，富户人家是不需要"斟到"的。

我十八岁在营业所谋到一份职业，当乡村信贷员，游走于黄河滩。老主任带我骑车下乡，路过一个村，看到草垛上站满孩子，他给我讲自己当年在这个村驻队的事。

他第一次去的那一户人家，两个孩子蹲在门口草垛中，任凭如何喊话也不站起，后来孩子跳出来，竟是光屁股。一问，说家里裤子不够，大人外出有裤穿，小孩子没有裤穿。孩子

的母亲出来，问来客
吃过 饭没有。她弯着
腰，说："那我到家
给你们斟到一点吧。"

　　我问，这是哪一
年？

　　主任一怔，想想，
答是某某年。

2009.6

233

村西头赵二锤在豫西煤窑工作，是接父亲的班。父亲去世前，让人捎话，让二锤回来，不让他在煤窑干活。赵二锤私下合计，下煤窑工资高，一个月的工资顶在家种半年粮，他舍不得。

二锤顾家，在外吸劣质香烟，每月都往家里寄钱。二锤媳妇取过钱后，第二天就到镇

被人羡慕，有风度，出风头，有某些展示的成分，叫跩。

234

上买一件碎花裙子。在外面，她不敢穿，怕被人说闲话；在家里偷偷穿。在灯下照着，学电视节目中女人走猫步的样子。

王美香发现了，对人说："看人家二锤媳妇跩得很，夜里扭屁股。"

传到二锤媳妇耳里，她说："姑奶奶就是跩。"干脆把花裙子穿出去了。

"你们有钱也跩！"二锤媳妇又加了一句。

村里人觉得二锤媳妇有点儿过于张狂。王美香首先说："不就是男人下煤窑吗，男人拿命换的钱，看媳妇在家跩得那屌样。"

麦子熟了，二锤歇假，从煤窑回来，晚上第一件事就把媳

妇打了一顿。媳妇觉得委屈，问原因。二锤说："我让你跩！"

媳妇说："就是跩，就是跩！"拿剪刀要铰那件花裙子。二锤夺过扔在一边。

一年后，二锤在煤窑出事了，煤窑坍塌，井下一共十个人。煤窑上还送来二锤的一个活期存折。火化那一天，二锤媳妇哭红眼，把那个花裙子也

235

一同火化了，说："陪二锤去吧。"

村里再不见那一件飘来飘去的花裙子。

村里人依然说那个口语"跩"，只是将之使用到另外一个女人身上。队长说王美香，不过口气变化了：

"二锤的媳妇跩吧，是人家男人能挣钱，你凭啥跩？"

2009.3.21

从字音上讲，是把一出乡村之戏抬到台上，像杀一头猪一样，挥刀杀掉。里面嗷嗷的声音就可想而知，乡村舞台上戏的腔就带着沙子。

为了谋生，乡下时常穿梭着一群群戏班子，在北中原多唱豫剧，多唱"祥符调"。豫剧发源地封丘清河集，离我的听荷草堂不足百里，我曾去过。

多谢乡亲情谊广
罗通年少不敢当
奉圣命率三军直聚疆场
怎容那胡虏贼欺我大唐
——豫剧《七奶奶》罗通唱词

236

杀戏

"草台班子"一般十来个人，在村中找一片空闲地，搭个简易的舞台就可开演。按天计价，再由全村每户一一分摊粮食。

还有一种是收门票的戏。这是孩子们最讨厌的。我在小镇上经常与这种戏打交道。他们包下一个戏园，开始售票，一毛钱一张。只闻其声，不见其人。戏在里面唱，人在外面急。一毛钱也是钱。二十斤干草还卖不到一毛钱。

对待后一种，我们单等着"煞戏"。

煞戏不同于杀猪，戏不是随便来杀的，有个约定俗成的规矩，不能太早，太早失去了把

"煞戏"原来就是戏的结束。确切说是结束前的那一个空间片段。没钱又想凑热闹，只好在门外单等着"煞戏"。

237

门约束的意义；又不能太晚，快结束了，你就是放大家进去，即使喊爷，爷也不看。谁愿意等半天只看一出戏最后的腔眼儿？

"煞戏"必须煞得恰到好处。在戏结束前的半小时，进去还能听个一知半解的戏文情节，留一条小尾巴，引诱你下次能正式买票。达到这个标准才算称职的好把门员。

小镇上最称职的把门员叫李胜利。我们恭称"李将军"。

但见这时，李将军悠然地吸着劣质的秋叶牌香烟，一支完，再接上一支，慢腾腾地和我们聊天，不时对我们的贪小便宜嘲讽开涮几句，地上天上，李将军在使缓兵之计。大家的一双双耳朵却紧紧贴在里面喧闹的锣声上，哪有心思听这厮胡扯八道。

飞蛾、蠓虫、金龟子在门口一盏明亮的大灯泡前飞来飞去，搅乱剧情。人民公社戏园子的蓝砖墙上，贴满了虎视眈眈的壁虎，四只吸盘紧紧吸着墙，壁虎在模仿着戏文里飞檐走壁的侠客。

忽然，李将军把已烫着手指的烟头掐灭，手一挥，果断地说：

"煞戏！"

我们鱼贯涌入。趁月夜，赶快把那将死的残戏再来捅上最后一刀。杀掉。

2006.5.21

十四画

非尔雅·漫地

非尔雅·骡子

非尔雅·暮忽灯

非尔雅·榷人

漫地撵旋风——指望不大。

——姥姥的歇后语

北中原空旷的田野，风云穿越，有路，有田，就叫「漫地」。带有一丝厚道的人情味与苍茫感。

240

漫地

"漫地"这一词汇能延伸出许多其他的语言，我姥姥说过以下两条：

一、漫地撵旋风——指望不大。主要是指事、人。对某一种事物和人不抱有过多希望。大地辽阔，包容。

二、漫地大吆喝。主要是指人，某个人说大话靠不住。誓言让风吹走了，言不可信，缺少诚信度。再大的声音，大地上也会让它显得微不足道。

后来我来到城市，高楼林立的城市没有"漫地"一说。如今在乡村"漫地"也在逐渐缩小。与新农村建设膨胀扩张的同时，是与电梯同样升高的钢筋水泥建筑。

我在耳闻目睹着人类的种种行为正在肢解着"漫地"，大地和田园一一在被分解：

人类毁坏"漫地"的肾脏，湿地正在缩小。人类在切断着"漫地"的脉络与血管，正污染河流与水系。人类在硬化着"漫地"的肺叶，水鸟的栖地与家园在后退。

241

还记得有一个称呼，叫"漫地月光"。何等明亮干净的感觉，现正在逐渐黯淡下去。

我作为一个乡村口语书写者，除了浅浅记忆与深深情怀之外，对尖端的东西是无力对抗阻挡的。弱声，像风中一丛易碎的蓬草，被漫地淹没。

2006.8

一九九八年暮秋，我陪两位台湾宗教界的访客，从北中原乡间土路经过，去看一个叫马文仲的人。归来途中，看车窗外面的农耕景象，我一边回答是马还是驴子。俩年轻女同胞心血来潮，忽然问我驴子与马的区别。

这问题复杂了，涉及"生物学"或"进化论"。车在行驶中，我又不能立马牵出两匹实物对照；只有敷衍一下。我说：最简单的鉴别方法是，看上去耳朵大的是驴，耳朵小的是马。

这种偷懒的回答也算妙。

于是一路上，她们结合外面所见，在比较耳朵大、耳朵小。多亏我还没有告诉她们另一种更麻烦的牲畜，是介于两者之间

骡子

242

公马与母驴交配所生的杂种叫驴骡，身材较小，耳朵较大。学名叫『驮骥』（不过乡人不用此称呼）。

的"骡子"。

骡子在北中原称得上是"大牲口"，体力大，最值钱，如今日艺坛歌坛之"大腕"。不过如今年轻人只识明星大腕，多不识骡子为何物。

现在城里的孩子也不识骡子了。我以下这些小聪明还是来源于童年的乡村生活。

村里有"金骡、铜马、铁驴"

另一种是公驴与母马交配所生的杂种，叫马骡，身材较大，耳朵较小。

之说。骡子有耐力，吃苦、劲大。它却有一个致命缺点：骡子间结婚后不能生育后代。圣人曰：不孝有三，无后为大。这里骡子无意之间冲撞了圣人的腰。

一位善写爱情小说的朋友，当过县城兽医，治死过不少著名的大牲口，包括一匹戴过红花的雄健骡子。他告诉我：骡子不育不孕症不是生殖器不长，

是双方的染色体数位不匹配。

在北中原，如骂人是"骡子"，被骂者往往暴跳如雷，会比骡子还急。一般人骂架不到万不得已，是不往这上面扯的。

还有一说：顺牛，善马，羣骡。骡脾气执拗，如调教不好，易养成坏毛病。我曾在乡村公路上见过主人与骡子对峙的斗争场面。

我二大爷一九七六年去焦作矿上拉煤，在不平的公路上，就和骡子对峙过。双方都恼羞成怒。

2001.6 长垣

如果春节前形容灯，往往会有许多好听的名字，可谓"色香俱全"。如：宝莲灯、荷花灯、琉璃灯、老鳖灯、大马灯、西瓜灯、天灯、青灯……

睡觉前，躺在炕上，在黑暗里，姥姥给我出过一个谜语："一颗大红枣，三间屋着不了。""着不了"是大得盛不下的意思。当时我不解，世上哪有这么大的枣？猜困了。三天也没猜到。

姥姥告诉我，这个谜底是灯。

暮忽灯

244

形容一个人不聪明、不机灵，有点儿懵懵懂懂的样子，叫『暮忽灯』。忽明忽暗的模样。这一盏灯装着满满的光，在墙上

世上所有的灯都有一颗透明聪慧的亮芯，如一句经典的话，会将黑暗一一吸尽，只留下纯粹的光。世上每一盏灯都拥有自己的重量。

若说谁家的孩子是个暮忽灯，我

走起来是摇摇晃晃的样子。

马上能想起这些特征：平时看一个人或一件事，呆呆的。经常研究蚂蚁上树。有时日过晌午，还不知道回家吃饭。上学时黑眼珠子茫然地看着黑板，心想校外的事。每次考试都是文不对题，一只不开窍的闷

245

葫芦。一盏未拨亮的草灯。

这是大家公认"暮忽灯"必需的几项硬性表现。

我擎过一盏小小的草灯，那盏草灯也是"暮忽灯"。一盏"笨灯"，是笨孩子必备的道具。别人早已亮堂，我仍然紧擎这盏灯，迟迟不曾松手。

2003.8

有两层意思：

一、作动词，敲击、打击。乡下人说用拳头去打人，在口语里是"这人心黑手狠，往死里硬榷"。上学路上，我经常被大孩子"硬榷"。伙夫马三强最常说的是"蒜臼里榷蒜"。孙百文告诉我《汉书》里有："榷其眼，以为人彘。"又说："榷，谓敲击去其精也。"可见我讲

"榷"音为 quē。"榷人"二字在现实里使用起来很广，常用口语之一。

榷人

247

的是传承，古语不时在风中露脸。

二、有一种意思是骗人、哄人，设圈套让人去上当。

我还听到大家多对一个人的评价："那货是个榷家，谁都榷，连他亲爹亲娘都榷。"二大娘奇怪地问过我：这样的人后来咋都成能人了？

譬如我让在《妖怪记》里出场的那个会和妖怪打交道的崔天财。

2006.6

《十五画》

非尔雅·嫔

非尔雅·蝎虎

非尔雅·靠槽

我平时知道的常识：虫在媤子儿，马知了在媤子儿。

有一天，听到我姥姥评价人，竟有一句"冇事媤蛆"，意思说心术不好，故意找事。

风中随口吐一字，吐瓜子皮一般，都会是古语。后看《说文解字》解释"媤"："生子多而如一。"肯定是先有口语后有字。还看到蒲松龄《蓬莱宴》里有"燕子头上去媤蛋"一句。山东离我们这里近，跨一条河就到，过去我所处的"平原省"还管辖有山东聊城的一部分。口语方言在大河两岸互相浸染影响。蒲松龄穿布衣，执一把水壶，看自己屋檐的燕子。

我家的芦花鸡可以媤蛋。它一天一蛋，姥姥称赞它"勤快，

对《落窝》一篇 补充

不落窝"。那些鸡蛋被姥姥一一储存在案头一方陶罐里。半月之后，鸡蛋被姥爷带到集市上换盐和其他用品。

生鸡蛋败火。有时邻居到我家说是借一枚鸡蛋，随手把蛋在墙上一磕，

生子多而整齐，在村里如今不叫嬎。

嬎，一般更多是说禽类下蛋，鸭嬎蛋，鹅嬎蛋，麻雀嬎蛋。

251

哧溜，一仰脖就喝下去了。

怕鸡丢蛋，姥姥经常让我看鸡嬎蛋，负责收蛋。

有一段时间里，那只老母鸡忽然竟不见了。院外就是树林、田野、草垛，全家以为被黄鼠狼拉走了。姥姥经常惋惜不已。

一个多月后的一天，夕阳垂落的傍晚。天啊，竟看到出乎意料的景象：那只老母鸡领着一群小鸡，跨过草垛，一家老小，热热闹闹地来了。有一丝衣锦还乡的味道，像刘邦。原来芦花鸡嬎蛋之后自觉孵了小鸡。

这是一个和"嬎"有关的故事。

2009.6.19

我堂兄是乡村经纪，经常听他倒吸一口凉气：

"这事蝎虎办不成。"就是这事刚好办成。

"这事蝎虎办成了。"就是这事差一点，没办成。

我把壁虎也称作

包含『几乎』『险些』『差一点』『危险』的意思。如一块石头，正微微晃动在急风中悬崖边的感觉，就叫『蝎虎』。

252

蝎虎

蝎虎。壁虎有神秘感，如魔幻小说一个章节。危险时它能断尾逃亡，金蝉脱壳。在墙壁之上，这种情景让我心惊。迷惑之后，如一只上当的乡村之猫，对一条摆动的断尾皱眉发呆，大感不解。

几天后，壁虎断尾处长出新尾，如萌发出一枚新叶。

半仙的中药铺里，一册发黄的药书上说：

蝎虎又叫"守宫""天龙"。后一个名字虚张声势。一方小小温暖的"守宫"与危险连在一起。

在往日少年时光，每到黄昏，月光如一排排银子在草垛上悬挂。在纷纷剥落的月光中，红瓦蓝砖的屋檐上，穿梭着一只只向上的生灵，用一个个坚实吸盘紧紧附贴于墙壁之上，如在空中行走。一如墙上纵横交错的点点花斑。

那游动的花斑向上或向下，向左或向右，用攀或用缘。

我听到如今乡村开始捕杀壁虎，有人拿着手电筒和竹棍，带着口袋，在乡间黑夜里狗熊般出没。有人一个通宵能捕杀六七公斤。照我少年时的经验，按数量计算，相当于大壁虎七八十只，小壁虎二百来只。

我问，为何捕杀壁虎？这些小东西可是整天忙碌，吃蚊吃蝇吃蛾子。

表弟说："壁虎能治中风瘫痪，当药材能卖十五六元一公

斤呢，比种菜还划算。"当年胡半仙对我说，炒壁虎用大米，焙炒至米深黄色时，再筛去米，取出壁虎晾凉，便可入药。

表弟说乡下生活艰难，但也要让孩子上学。除了种地，别无财路来源。

这个词是否改作"歇乎""斜乎"？但"歇乎"是问语，"斜乎"则有点儿用心不正。还是称"蝎虎"吧，好事往往和危险连在一起。好事也会掉尾巴。高悬在大风中，蝎虎在乡村月光里向上，再向上，会跌落，会颤动，会在大地上喊痛。

2005.8

只有经过"马厩文化"的熏陶，才知道它的来历和神韵，是说马驴畜生们在单等着发情，近似人类的一种发嗲之姿。

乡村马厩是乡村里的"文化沙龙"，天刚黑，我们早早地偷偷钻到那里，听几个正"靠槽"

乡村流行的一句骂人语，多用于年轻人身上：

"这人不正经，单等靠槽呢。"

靠槽

靠槽

254

的大光棍在围炉夜话。他们围绕乡村的主题永远是性、传奇、牛肉。

油灯是绝对不能点的，太费油了。便看到烟头的红光在黑暗里闪亮，忽高忽低，像飞舞的萤火虫。烟草香里弥漫着草气。马眼在黑暗中一闪，瞬间又闭。

喂牲口的老德一直是一条光棍，他肚子里装有许多乡村常识，都是我课本上没有的学问。我对老德极为佩服，他比老师孙百文懂得都多，像"四松""四紧""四白""四黑"。

譬如"四大浪"。每次开场白，他必说这"四大浪"：

人浪笑
猫浪叫
马浪吧咂嘴
狗浪跑断腿

我不知道这"浪"
是何意，发问："德叔，
那你浪时干啥？"
马厩里一阵哄笑。

255

老德嘿嘿一笑："你看
你看，你这孩子是咋说
话嘞！"
一个烟头立刻明亮
起来。大家起哄，非让
他说。
他搔搔头，无奈地
说："我、我嘛，我浪
时就去拌牲口料。"

2004.8

在屋檐上行走的老虎。它奔跑在空中且不会摔落。这空中之虎，拥有一套神秘的腾空之术。它被赋予一层乡村魔幻色彩。

在乡村的时光里，行走着许多种类的"老虎"：

一、坐地虎。地头蛇之类，被列为此虎的，王美香还算不上。

二、门墩虎。只会在自家门前仗势作威，横行霸道。半径范围多在五十米以内，一村之内。

三、纸老虎。这是当年我们村书记每次讲话的口头禅。后来，有人喊说"纸老虎来了"，是说村支书来了。

四、布老虎。民间避邪之虎，大可当枕，小可作儿童掌上宝，此虎不伤人。每年当全村会首的姥爷带人上浚县大伾山赶

檐边虎

檐边虎

258

庙会，那些老虎穿行在乡村的节日里，成群结队，浩浩荡荡。

五、檐边虎。另一种会飞的民间之虎，就是蝙蝠，夜间行走在乡村月光里的侠客，一道道黑色弧线交织，在飘满流星的夜空。黑夜，让它们成为另一种流星。

充满青草气息的屋檐上，倒挂着一只只故乡的"老虎"。在屋檐上像一排排褐色木耳，听着旧瓦上空那一颗彗星滑倒的声音。

蝙蝠呼出微弱的热气，融化着屋檐上的细霜。

2003.8

两个人之间的来回穿插学舌，最后变调了，叫"翻嘴"。经常学舌之人，被称为"翻嘴罐"，用瓦罐来形容"语言的体积"之大。

翻嘴者在村里被列为不可交往者。王美香是一个"翻嘴

一个人把自己的一张嘴皮翻过来，露出来是牙齿，是一条乡村大道。把语言翻过来，则是语言的背面。

翻嘴

翻嘴

259

罐"，闲时搬弄点儿小是非。

翻嘴是一门技巧学问，含无意或有意两种。或添油加醋，或花言巧语。恰到好处的表达，靠智商，靠掌握火候。

有一次在乡宴上，我二大爷说历史上苏秦、张仪都是翻嘴嚼舌之辈。

这给我写诗带来思考，一枚满头泥土的词汇，让我看到洁白的牙齿挂在嘴外，文字挂在语言之外，风挂在树之外。

2003.8

这是北中原人的一种幽默，说受人欺负、排挤，就是『受人鳖曩』。

在水中，在风中，如果听见鳖小声说话，声音若有若无，口中喃喃嘟曩鳖语，那一定不是什么好话，因为世上的鳖不会口吐莲花。

鳖曩是一种非议，多属闲言碎语，背后议人之举动。据我对比，此口语在鳖与鳖它们同类之间使用倒少，因为我听不懂鳖话的缘故，一年我也听不到一句；

260

鳖曩

在人与人之间经常听到鳖语。譬如在队长娘子王美香们之间，使用率颇高。经常听她们说：谁谁在鳖曩老娘。

还有一个与"鳖曩"近似的词叫"鳖嘟"，与口语表达的意思无关。"鳖嘟"是说人、庄稼或树木的个子不再生长，已经定型了。个子低叫"长鳖嘟"或"鳖嘟着个儿，不长了"。饭场上开玩笑说长寿是"千年王八万年鳖"，是老鳖生长期缓慢的缘故。

我问过二大爷：个子高低与鳖的话有啥直接关系？难道鳖的花言巧语也会促长？

2003.8 长垣

襻的具体过程如下：

用绳线绕住，使分开的两个东西能连在一起。

这种举动北中原就叫襻。

多用在缝制衣服或小扣子时。还有个叫法，是敠。

用粗线脚仓促快速地缝衣服，敠上几针。

裁缝志·片段

襻

261

衣服上的扣子跑丢了，丢到星群里了。会露出一个肚脐眼，姥姥马上喊住，拿出针线。我来不及脱衣，因为在约定的村头，水泊梁山上的各路好汉们都已到齐啦，就等我一人出场。

只好站着，让姥姥在身上缝。姥姥不慌不忙，首先让我在嘴里噙一棵秋秸篾儿或干草叶，然后，才开始缝扣子，同时还要一边念叨护身咒语：

就身敠，就身缝，
谁犯俺屙血尿脓。
就身敠，就身襻，

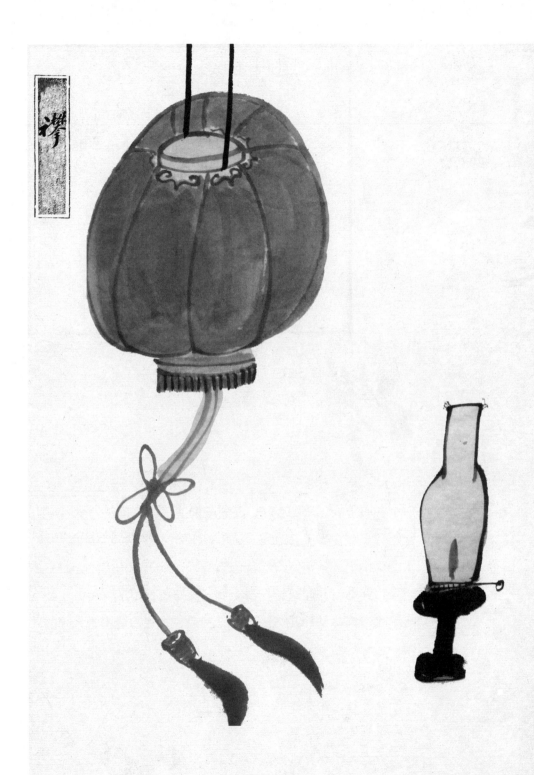

谁犯俺，是鳖龛。

"鳖龛"意思是鳖生的。在这里，我只找出来一个同音字代替，用"龛"吧。龛生的，骂祖之语啊。

那种仪式的道理只有一个：有干草噙着，乡间的鬼魅永远不会靠近孩子。我敢说，自北中原出来的大部分孩子，都让母亲们用这样的方式襻过一颗颗遗失的小小扣子。小扣子指甲一般大小，套住了小小的游魂。

我二十多岁时，有份差事，能挣钱了，自认为已经长大啦。有一次姥姥给我缝扣子，她四处环顾，还要找一棵干草。

我说："都这么大啦，还要噙？"姥姥找到一截干草。

是的，还要噙。我曾想到孟郊的诗句"临行密密缝，意恐迟迟归"。在唐代，那时的中国小孩子也要噙一棵干草吧。母亲在一边念叨。短短的诗句在干草之香里弥漫过来，借着乡间之风，散落到我们小学校那一张张简陋的课桌之上，从衣角走远。

整个世界上一粒粒温暖的小扣子，都在时光里，在外祖母羸瘦而温馨的指缝里，一一失落，像漏掉的迷路的小米。小扣子变成苍茫蓝夜里一颗颗星星或大地草叶上的露珠。从此以后，我再也找不到那些温暖的扣子。

它遗落了。姥姥的手从此不会再缝。

2003.8

跋

看那方言的羽毛都沉落了

冯 杰

——作者题记

每个人一生的语言里，都携带一部自己的随身卷子。

我生活在北中原乡村词汇的密林里，从童年到少年，从青年到中年，甚至到将来，那些词汇都不会消逝。自土语里，我穿行而来，乡村土语像水让鱼呼吸一样无法舍离。逝去的时间因土语的打磨，有了自己的光。

再琐碎的词汇，自有它的出处渊源、空间走向。口语是一座乡村晴雨表，大处测量唐宋明清的厚度，小处测量一年二十四节气的深度，更小的测量一棵荆芥的长度和一个人的咳嗽。

口语在乡村有两种形式：本来固有和外来介入，具有乡村"元文化"功能和资格，解释着乡村。土语是乡村羽毛，一两片羽毛无所谓，聚扎在一起，乡村成一面雨中蓑衣，整座乡村开始飞翔。土语是乡村能飞起的载体，是牒谱与脉络。循着方言分支，我找到大河之源。

从空间上说，乡村语言有长度，或长或短。从体积上说，乡村语言有重量，上浮或下沉。我和姥姥、姥爷们在北中原讲的方言现在仍在使用，终有土语退场的那一天，像一场绝版爱情，情人或亲人彼此再相爱也有最后谢幕告别的那一刻。

收留方言碎片是收留大地的记忆，是对母语的一种自救。正是这种心态，我做一些土语记录。中国最早词典《尔雅》将词语进行规范。我进行的是一种乡村记录，在回忆里解释，主观和片面，倾向"本地的抽象"，更多是一种冯氏误读。

德国童话作家格林在编词典时感叹：各种词汇如同雪片一样铺天盖地，把我们都给埋在里面了，有时真想站起来，把身上堆积的雪片抖掉。

那些乡村词汇的大雪，我也抖落不掉，已经一一融化在骨子里了。

捡拾碎事，聚雪成冰，磨砖作镜。米勒《拾穗者》里的那

一位农妇，就是一位捡词人，弯腰是为在大地上收留一片乡村羽毛。

纪念消失的口语出现过，和我打一个照面，转入风中，她再消失。

2004.1 于听荷草堂。2006.5 又补。
2013.2 再饰。2016.5 再删于郑州

附录

词条	动词
喷嚏	靠槽
打豂	挠蛋
栽嘴	喝汤
翻嘴	徐顾
雨住了	干哕
栽花儿	卷
抖毛儿	突碌
咬蛋	鳖囔
圹	榷人
攀	扒查
结记	挤尿床
掌	掖屌

出

斟到

吃杂菜

卖秌秆

就

铸

抓嘴

怄

形容词

支楞	小舔	老鳖一	吃桌	隔聊	暮忽灯	片儿汤	下眼皮肿	偈俇	三只手	白脖	肉
鹅毛大片	大样	扯淡	抛撒	死牛筋	形易	叉火	夜壶	老苗	红脖雁	光棍儿	生疏

枯楚皮

跛

后晌	漫地	煞戏	虎口	中	龙抓了	鸟丝儿	得拉着	早办	格地地	口	囫囵叶儿

一根杠

二塍

色

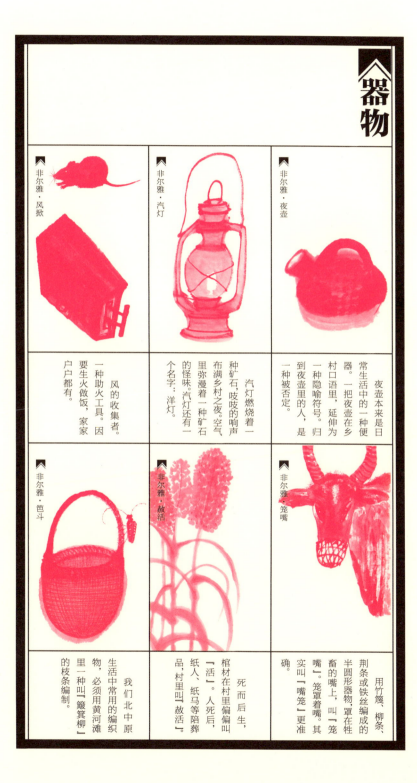

279

非尔雅·风掀

风的收集者。一种助火工具。因要生火做饭，家家户户都有。

非尔雅·汽灯

汽灯燃烧着一种矿石吱吱的响声，布满乡村之夜。空气里弥漫着一种矿石的怪味。汽灯还有一个名字：洋灯。

非尔雅·夜壶

夜壶本来是日常生活中的一种便器。一把夜壶在乡村口语里，延伸为一种隐喻符号。归到夜壶里的人，是一种被否定。

非尔雅·笆斗

我们北中原生活中常用的编织物，必须用黄河滩里一种叫「簸箕柳」的枝条编制。

非尔雅·敖活

死而后生，棺材在村里偏偏叫「活」。人死后，纸人、纸马等陪葬品，村里叫「敖活」。

非尔雅·笼嘴

用竹篾、柳条、荆条或铁丝编成的半圆形器物，罩在牲畜的嘴上，叫「笼嘴」。笼罩着嘴，其实叫「嘴笼」更准确。

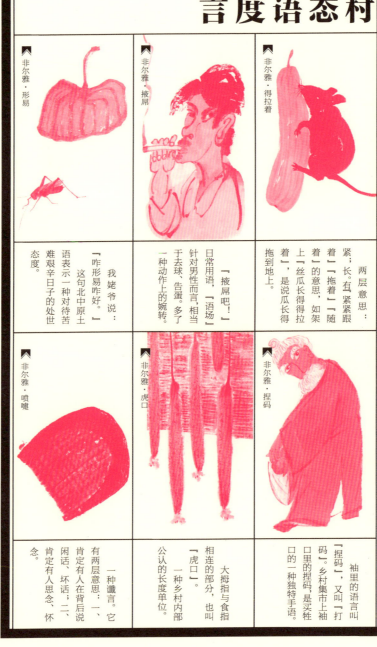

《乡村 状态 手语 尺度 预言》

非尔雅·形易

非尔雅·披屑

非尔雅·得拉着

两层意思：紧；长有紧紧跟着】【拖着】【随着】的意思，如架上【丝瓜长得得拉着】，是说瓜长得拖到地上。

我姥爷说：【披屑吧！】日常用语，【语场】针对男性而言，相当于去球、告蛋。多了一种动作上的婉转。

我姥爷说：【咋形易咋好。】这句北中原土语表示一种对待苦难艰辛日子的处世态度。

非尔雅·喷嚏

非尔雅·虎口

非尔雅·捏码

一种谶言。它有两层意思：一、肯定有人在背后说闲话、坏话；二、肯定有人思念、怀念。

大拇指与食指相连的部分，也叫【虎口】。一种乡村内部公认的长度单位。

袖里的语言叫【捏码】，又叫【打码】。乡村集市上袖口里的捏码，是买牲口的一种独特手语。

图书在版编目 (CIP) 数据

非尔雅 / 冯杰著 . —郑州：河南文艺出版社，
2020.10（2024.5 重印）

ISBN 978-7-5559-0737-4

Ⅰ . ①非… Ⅱ . ①冯… Ⅲ . ①散文集 – 中国 – 当代
Ⅳ . ① I267

中国版本图书馆 CIP 数据核字 (2019) 第 096838 号

策　　　划　李辉
责 任 编 辑　李辉
责 任 校 对　赵红宙
书 籍 设 计　书籍/设计/工坊 刘运来工作室 + 吴月
责 任 印 制　陈少强

出 版 发 行　河南文艺出版社
社　　　址　郑州市郑东新区祥盛街 27 号 C 座 5 楼
邮 政 编 码　450016
售 书 热 线　0371-61659931
承 印 单 位　郑州印之星印务有限公司
经 销 单 位　新华书店
纸 张 规 格　787 毫米 ×1092 毫米　1/16
印　　　张　21.25
字　　　数　22 万
版　　　次　2020 年 10 月第 1 版
印　　　次　2024 年 5 月第 3 次印刷
定　　　价　88.00 元

河南文艺出版社
京东旗舰店

河南文艺出版社
天猫旗舰店

河南文艺出版社
微信公众号

ISBN 978-7-5559-0737-4

9 787555 907374 >

定价：88.00元